AF589969

LE CIEL ET L'ENFER

FÉERIE MÊLÉE DE CHANTS ET DE DANSES, EN CINQ ACTES ET VINGT TABLEAUX

PAR

MM. HIPPOLYTE LUCAS ET EUGÈNE BARRÉ

REPRÉSENTÉE POUR LA PREMIÈRE FOIS, A PARIS, SUR LE THÉATRE DE L'AMBIGU-COMIQUE, LE 23 MAI 1853.

DISTRIBUTION DE LA PIÈCE.

LE DIABLE	MM. GASTON.
GÉRARD	LEMAITRE.
CANARI	LAURENT.
FLAMMÈCHE	VOLLET.
L'AMOUR	Mme SANDRE.
MÉLUSINE	Mlles PÉRIGAT.
DRAGONNE	HORTENSE JOUVE.
BLANDINE	Mmes BALLAGNY.
BERTHA	MARIA REY.
GUILLERETTE	BONDOIS.
BELPHÉGOR	HÉLOISE PHILIPPE.
GORGONE	CLÉMENTINE.
DIAVOLINE	STAINVILLE.

NYMPHES, SORCIERS ET DIABLESSES (*dansantes et chantantes*).

ACTE I.

Une forêt. — Deux bancs de gazon de chaque côté de la scène. — Des monticules praticables entre les arbres dans le fond.

SCÈNE PREMIÈRE.

BELPHÉGOR, *puis* LE DIABLE.

BELPHÉGOR, *seul.*

Ouf! je n'en puis plus! En vérité, Satan, mon maître, est bien cruel de me charger d'un pareil fardeau. Par bonheur, il n'est pas là pour me surveiller... Reposons-nous. (*Il s'assied.*)

LE DIABLE, *entrant.*

Paresseux!

BELPHÉGOR.

Ah ! c'est lui !

LE DIABLE.

Allons, avance... Avance donc, Belphégor !

BELPHÉGOR.

Pardon, maître, si vous aviez sur les épaules...

LE DIABLE.

Bah ! pour quelques âmes que tu portes en enfer !

BELPHÉGOR.

Des âmes ! cela si lourd !..

LE DIABLE.

Ce sont leurs iniquités qui pèsent.

BELPHÉGOR.

Alors, tous ces gens-là en avaient bonne mesure ; ce n'est pas pour rien qu'ils sont damnés.

LE DIABLE.

Assez de paroles... un démon ne doit pas être bavard comme un homme. Va-t-en déposer ton fardeau en enfer, et, de là, fais-moi venir mes plus charmantes sujettes, Mélusine et Dragonne surtout, mes deux favorites : elles me sont indispensables.

Air de *Turenne.*

Pour perdre un homme avec adresse,
Pour le l'amener pas à pas,
Il n'est rien tel qu'une diablesse
Quand la femme n'y suffit pas.
Mais ce charmant auxiliaire
Nous donne lieu d'être contents,
Et les dames de notre temps
Nous laissent peu de chose à faire,
Le diable n'a plus rien à faire.

BELPHÉGOR.

Que dirai-je de votre part à Mélusine ?

LE DIABLE.

Dis-lui que la mission que je veux lui confier est des plus importantes... que j'ai besoin d'elle pour perdre le chevalier Gérard qui semble se rire de ma puissance.

BELPHÉGOR.

Et à Dragonne ?

LE DIABLE.

Dragonne se chargera de son écuyer.

BELPHÉGOR.

Canari... je le connais.

LE DIABLE.

Quant à toi, sois prêt aussi à me servir. Je te confierai peut-être la séduction d'une femme.

BELPHÉGOR.

Une femme !... A la bonne heure !... j'aime mieux ça que de porter...

LE DIABLE.

Ah ! à propos de femme, tu vas souhaiter le bonjour à la mienne.

BELPHÉGOR.

C'est dit. Pour quelle époque faut-il lui annoncer votre retour ?

LE DIABLE.

Mon retour ?... jamais ! au grand jamais ! Cette chère Proserpine ; elle n'était pas bonne autrefois, à l'époque où l'on me nommait Pluton ; elle n'est pas meilleure depuis que je suis redevenu le diable, de dieu que j'étais. Son caractère est insupportable ; elle est d'une rigueur !... Aussi, je prends le parti de m'absenter le plus possible et de faire le garçon sur la terre.

Air nouveau d'Artus.

Oui, sur cette terre,
Pays moins austère,
En célibataire,
J'accours ; me voici !
Le plaisir me berce,
Librement j'exerce
Mon petit commerce
Et vis sans souci.

Près de Proserpine,
J'ai l'humeur chagrine ;
Sa mauvaise mine
Me gâte l'enfer.
Femme acariâtre,
C'est un diable à quatre,
Elle veut me battre,
Foi de Lucifer !...

C'est une bégueule
Qui va bouder seule,
Ainsi qu'une aïeule,
Dans quelque coin noir.
La face fleurie,
Je veux que l'on rie,
Qu'on boive et qu'on crie
Du matin au soir.

Moi, sans jalousie,
Avec Aspasie,
Parlant poésie,
J'aime son caquet ;
Avec Diogène,
Qui la morigène,
Je ris, et sans gêne
Je fais mon piquet.

Dès qu'une mortelle
D'un cœur peu rebelle,
Gracieuse et belle,
Vient dans mon séjour,
Je veux sans réserve
Qu'on reine on la serve ;
Si je suis en verve,
Je lui fais la cour.

Tigresse farouche,
Menace à la bouche,
Soudain de sa couche
Mon épouse sort ;

Et, comme à la halle,
Comblant le scandale,
Griffe sa rivale,
La pince et la mord.

(*Parlé.*) C'était à n'y plus tenir... Si bien que j'ai fini par me séparer d'elle de corps et de biens, et pour toujours... Depuis que ma femme et moi nous ne vous voyons presque plus, nous commençons à faire assez bon ménage.

Aussi, sur la terre, etc.

BELPHÉGOR.

Ah ! j'aperçois là-bas Gérard et Canari.

LE DIABLE.

C'est bien ! hâte-toi de faire ta commission...

BELPHÉGOR.

J'y vais... Adieu, maître.

LE DIABLE.

Prends donc le plus court, puisque tu es fatigué...

(*Belphégor s'enfonce sous terre.*)

SCÈNE II.

LE DIABLE.

A nous deux, chevalier Gérard ! à nous deux ! la chasse m'a déjà aidé, bien souvent, à t'écarter de ta maîtresse ; tu aimes la guerre, le jeu autant que la chasse, tu es sensible à la volupté, je saurai t'attaquer par tes passions favorites...

(*Un rocher s'ouvre, il disparaît.*)

SCÈNE III.

GÉRARD, puis CANARI.

GÉRARD.

Tayaut !... tayaut !... à moi, mes limiers... Ah ! je joue de malheur aujourd'hui, et mes chiens ont pris la fuite... Mais où donc est Canari ?... Canari ! Canari !...

CANARI, *dans la coulisse.*

Me voilà, monseigneur, me voilà ! (*Il entre.*) Un drôle de métier que vous me faites faire... chasseur de loups !

GÉRARD.

Celui que j'espérais atteindre a disparu tout-à-coup pendant que je le poursuivais.

CANARI.

Oui, et pendant que vous le poursuiviez il m'a poursuivi, moi ! il m'a même mordu, par derrière, le lâche !...

GÉRARD.

Tu as rêvé.

CANARI.

Rêvé !... ai-je rêvé aussi que nous sommes perdus?

GÉRARD.

Oui... je reconnais mon chemin... dans un quart d'heure, nous serons au Falkenstein, auprès de ma chère Bertha que je n'ai pas vue depuis hier.

CANARI.

Ça, c'est votre faute...

GÉRARD.

Que veux-tu, la chasse, c'est comme une bataille, comme une partie de jeu où l'on oublie toutes les misères, tous les désespoirs de ce monde; la chasse, c'est le mouvement, c'est l'agitation, c'est la vie.

CANARI.

La vie avec la fatigue... Moi qui avais tant de bonheur à dormir la nuit et à ne rien faire le jour... la vie avec la crainte de la perdre à chaque minute... Voyez-vous, monseigneur, nous sommes à une époque où les démons, les magiciens, les sorcières, les lutins et les farfadets se mêlent un peu trop des affaires de l'espèce humaine... Cette forêt est enchantée; il n'y a pas de jour qu'on n'y voie quelque chose la nuit, dans cette forêt; j'ai entendu tout-à-l'heure un coq qui m'a donné la chair de poule.

GÉRARD.

Si tu as entendu un coq, c'est que nous ne sommes pas loin du Falkenstein... De quoi as-tu peur?

CANARI.

De tout... et de beaucoup d'autres choses !...

GÉRARD.

Poltron !

CANARI.

Dans la famille, nous sommes tous comme ça de père en fils, c'est dans le sang.

GÉRARD.

Je ne te demande pas du courage, mais ce que je pourrais te demander ce serait d'imiter ma sagesse, ma fidélité, de ne pas courir après toutes les femmes comme tu le fais.

CANARI.

C'est encore dans le sang de père en fils.

GÉRARD.

Cela te jouera quelque mauvais tour.

CANARI.

Que voulez-vous? on est jeune, on jouit de sa jeunesse; on est beau garçon, on abuse de sa beauté, et avant d'épouser Guillerette...

GÉRARD.

La suivante de Bertha, songerais-tu à la tromper?

CANARI.

On ne trompe pas les femmes, monseigneur.... elles ont toujours de l'avance de ce côté-là.

GÉRARD.

Mauvais sujet !

CANARI.

Les femmes raffolent des mauvais sujets.

GÉRARD.

Allons, trêve à tes balivernes... continuons notre route.

CANARI.

Je ne demande pas mieux.

(*On entend au loin des cris d'appel.*)

GÉRARD.

Quels sont ces cris?

CANARI.

Quelque diablerie sans doute... tenez, monseigneur, allons nous-en...

UNE VOIX, *se rapprochant.*

Gérard !...

GÉRARD.

C'est la voix de Bertha.

UNE AUTRE VOIX.

Canari !...

CANARI.

C'est la voix de Guillerette.

GÉRARD.

Qu'est-il donc arrivé?... Un malheur, sans doute... (*Il court au-devant de Bertha.*)

CANARI.

Eh ! non, non, un bonheur... puisqu'elles courent après nous.

SCÈNE IV.

LES MÊMES, BERTHA, GUILLERETTE.

BERTHA.

Je vous trouve enfin, Gérard.

CANARI.

Bonjour, Guillerette.

GÉRARD.

Qu'avez-vous? Vous êtes pâle, troublée, Bertha... Que venez-vous m'apprendre?

BERTHA.

Une chose bien triste !...

GÉRARD.

Parlez vite.

BERTHA.

Mon père... le sire de Falkenstein...

GÉRARD et CANARI.

Eh bien?

GUILLERETTE.

Eh bien !... il a eu une idée.

CANARI.

Lui !... le pauvre cher homme, ça l'aura dérangé de ses habitudes. Elle doit être bête son idée !

GUILLERETTE.

Détestable.

GÉRARD.

Parlez, Bertha.

BERTHA.

Je ne sais quel mauvais génie se plaît à nous tourmenter. Mon père qui avait approuvé notre amour, qui avait consenti à notre mariage et qui sait toute la tendresse que j'éprouve pour mon chevalier Gérard... mon père vient de me déclarer que notre mariage est désormais impossible.

GÉRARD.

Impossible !

CANARI.

Pourquoi donc ça? On dit ses motifs au moins.

GÉRARD.

Qu'a-t-il à me reprocher? Ma conduite n'est-elle pas à l'abri de tout blâme?

CANARI.

Ça, c'est vrai... mon maître est une Vestale, j'en réponds.

GUILLERETTE

Réponds pour toi.

CANARI, *à part.*

Moi, c'est différent, je ne suis pas une... j'en réponds aussi.

BERTHA, *à Gérard.*

Mon père reconnaît que vous possédez de nobles et brillantes qualités; mais il veut absolument que son gendre soit comte de l'empire... Cette résolution de mon père m'a tellement effrayée, que je n'ai pas voulu attendre votre retour; je suis partie avec Guillerette pour venir à votre rencontre... Que faire, Gérard... que faire? Nous sommes perdus si vous ne m'aimez pas.

GÉRARD.

Ne pas vous aimer, Bertha !... je donnerais ma vie pour une de vos douces paroles... mon âme pour un de vos sourires... ma part de paradis pour un de vos baisers !

(*Pendant que Gérard parle, Canari fait en pantomime une déclaration semblable à Guillerette.*)

BERTHA.

M'aimez-vous à ce point, mon doux seigneur?

GÉRARD.

Vous en doutez...

BERTHA.

Non, je vous crois, j'ai besoin de vous croire !

GUILLERETTE.

S'il en est ainsi, seigneur Gérard, devenez comte de l'empire.... vous êtes brave.

CANARI.

S'il est brave ! Deux comme moi n'en feraient pas un comme lui !

GUILLERETTE.

Eh bien, partez!... La princesse de Lorraine assemble ici près une armée pour aller combattre la princesse de Toulouse, sa rivale.

CANARI.

Sa rivale en amour?

GUILLERETTE.

Mieux que ça. Il s'agit de savoir si la princesse de Lorraine a le pied plus petit que la Toulousaine.

CANARI.

Le pied plus petit...

Air du *Verre.*

C'est pour ça qu'on vole aux combats?

GUILLERETTE.

Mais c'est bien assez, je l'espère!

CANARI.

Pour ces deux pieds, tant de soldats
Seront mis sur le pied de guerre!
Mais vraiment, ces nobles guerriers
Devraient bien plutôt, ce me semble,
Prendre la mesur' des deux pieds
Que de se mesurer ensemble;
Ils devraient mesurer les pieds,
Et non se mesurer ensemble.

GÉRARD.

Enfin, où veux-tu en venir, Guillerette?

GUILLERETTE.

C'est tout simple. Prenez du service dans l'armée de la princesse de Lorraine, et, pour récompense de vos faits d'armes, vous demanderez le titre que l'on exige de vous.

GÉRARD et BERTHA.

Partir!

CANARI.

La guerre! Elle est charmante, Guillerette; elle vous dit d'aller à la guerre, comme elle dirait de manger la soupe.

GÉRARD.

Vous vous taisez, Bertha?

BERTHA.

Hélas! j'hésitais à vous donner un conseil qui me déchire le cœur... Nous séparer... vous savoir exposé aux périls...

CANARI.

Ça n'a pas le sens commun... il faut chercher un autre moyen.

GUILLERETTE.

Il n'en existe pas.

GÉRARD.

Eh bien! partons, Canari.

CANARI.

Eh bien!... je ne pars pas, moi... je reste. Tans pis, je me sacrifie, et j'épouse Guillerette...

GUILLERETTE, *fièrement.*

Je ne serai jamais la femme que de l'écuyer d'un comte de l'empire.

CANARI.

Allons, bon!... mais, malheureuse! je te reviendrai peut-être dans un état déplorable.

GUILLERETTE.

Ça m'est égal, j'y pourvoirai.

CANARI.

Elle y pourvoira!... Décidément je n'y vais pas.

GÉRARD.

Je partirai donc seul.

BERTHA.

Grand Dieu!

GÉRARD.

Oui, Guillerette a raison, c'est le seul parti qui me reste... Pour me rendre digne de vous, Bertha, je tenterais l'impossible.

GUILLERETTE, *à Canari.*

Et tu ne tenterais rien pour moi?

CANARI.

Moi!..

GUILLERETTE.

O mon Canari, rapporte-moi une belle balafre!

CANARI.

Une balafre!... Détériorer ce physique-là... non, non, non!

GÉRARD.

Ma bien-aimée Bertha, du courage. J'aurais voulu ne pas quitter votre humble manoir.... Le bonheur est comme l'hirondelle; il aime à raser la terre... Mais Dieu veillera sur moi.

Air nouveau d'*Artus.*

Oui, pour le prix que la victoire
Semble me promettre aujourd'hui,
Je veux à l'honneur, à la gloire,
Demander un vaillant appui.
Au sort des combats je me livre
Sans craindre leurs terribles coups,
Et si pour vous je ne puis vivre,
Je veux du moins mourir pour vous.

CANARI, *à Guillerette.*

C'est la guerre qu'il idolâtre,
La valeur n'est pas ma vertu,
Et si j'évite de me battre,
C'est que j'ai peur d'être battu.
Mourant dans un jour de victoire,
Je ferais pleurer tes beaux yeux;
Je préfère vivre sans gloire
Et mourir horriblement vieux.
Je demande à vivre sans gloire,
Et surtout à mourir très-vieux.

GÉRARD, *à Canari.*

N'hésitons plus; tu me suivras.

NARI.

Aïe! aïe!

BERTHA.

Gérard, je compterai les instants, les heures de votre absence; chaque journée sera un siècle.

CANARI.

Guillerette?

GUILLERETTE.

Canari?

CANARI.

Elle pleure, elle, et toi tu ne pleures pas!

GUILLERETTE.

Moi? (*Se prenant à pleurer.*) Ah! mon pauvre Canari!

CANARI.

Ne te fais donc pas de mal comme ça... je reviendrai... Tu m'attendras avec patience, n'est-ce pas?

GUILLERETTE, *pleurnichant.*

Dame!... je ferai ce que je pourrai.

CANARI.

Allons, je ne peux pas en demander davantage.

ENSEMBLE.

Air : *Ecoute, écoute.*

Ecoute, écoute, écoute, écoute,
Il faut appeler l'amour;
Pour notre / votre compagnon de route
Invoquons-le dans ce jour.
Amour, dieu charmant,
Soutiens mon / son amant!
Toujours près de lui,
Sois son ferme appui,
Du dangers préserve la route
Et sois toujours mon / son appui.

GERARD, *à Bertha.*

Je te promets ma tendresse éternelle,
Toujours mon cœur pour toi seule battra.

CANARI, *à Guillerette.*

Je te promets d'être toujours fidèle
(*A part.*) Du moins autant que faire se pourra.

REPRISE.

Ecoute, écoute, écoute, écoute, etc.

(*Les amants se séparent; Gérard baise la main de Bertha, Canari embrasse brusquement Guillerette.*)

SCÈNE V.

GÉRARD, CANARI, LE DIABLE.

GÉRARD.

Partie... partie... et je ne la reverrai peut-être plus... ma Bertha.

CANARI.

Ma Guillerette...

GÉRARD.

Si je meurs, elle mourra.

CANARI.

Si je meurs, elle ne mourra pas.

GÉRARD.

Allons... je serai fort contre la douleur, contre l'absence, et si jamais je te suis infidèle, ô Bertha! que le démon prenne mon âme!

SCÈNE VI.

LES PRÉCÉDENTS, LE DIABLE.

LE DIABLE, *paraissant au fond et à part.*

C'est entendu.

CANARI.

Si jamais tu es inconstante, Guillerette, que le diable te patafiole!

LE DIABLE, *à part.*

C'est convenu!

GÉRARD.

Viens, Canari; suis-moi.

CANARI.

Hélas!

(*Le diable étend le bras.*)

GÉRARD.

Eh bien! qu'ai-je donc qui m'arrête?

CANARI.

Qu'est-ce qui me pince le nez?

GÉRARD.

Je sens mes forces qui m'abandonnent... soutiens-moi.

CANARI.

Il va s'évanouir... O mon maître, je vous en prie, ne vous trouvez pas mal.

GÉRARD.

Je tombe de sommeil... Ah! Bertha... Bertha...

(*Il tombe sur un des bancs de gazon.*)

CANARI.

Il dort... il dort... ma foi!... Est-ce bête de s'endormir comme ça subitement, et de... (*Il baille.*) Tiens! moi aussi le sommeil vient de me prendre... par le nez, d'abord... et puis ensuite... non, je ne veux pas dormir. (*Roulant sur l'autre banc de gazon.*) Mais je vous dis que je ne veux pas dormir... Bonsoir. (*Il s'endort.*)

LE DIABLE, *descendant.*

Si je te suis infidèle, Bertha, que le démon prenne mon âme. Tu l'as dit, Gérard... eh bien! soit! je te rendrai infidèle et je prendrai ton âme... Belphégor a eu le temps de remplir son message. Accourez à ma voix, mes chères diablesses, je vous attends.

SCÈNE VII.

LES MÊMES, MÉLUSINE, DRAGONNE, DIABLESSES.

TOUTES.

Air de *la Clochette.*

Nous voilà,
Oui, déjà
A tes ordres fidèles
Nous voilà. (*bis*)
Lorsque tu nous appelles,
Nous voilà,
Oui, maître, à l'instant nous voilà.

LE DIABLE.

Arrivez, mes démons favoris, les plus dévouées de mes sujettes; arrivez, mon conseil des ministres... j'ai besoin de votre mystérieuse influence pour m'emparer de l'âme de ce chasseur. Formez autour de lui vos groupes magiques, pénétrez ses songes d'un souffle voluptueux. Je vais lui parler, moi... mais il faut que vous me secondiez de tout votre pouvoir, de toutes vos séductions! A toi Mélusine, ce chevalier!

MÉLUSINE.

Je l'obéirai, maître... Il est jeune, il est beau... et d'ailleurs j'ai pris en haine cette petite Bertha dont il est amoureux... Je suis femme... et, pour moi, le premier de tous les plaisirs est de désoler une autre femme.

LE DIABLE.

Bien, Mélusine; et toi, Dragonne, voilà ton lot! (*Il lui montre Canari.*)

DRAGONNE.

Merci. Il est jeune, mais il n'est pas beau... Enfin, puisque je n'ai pas le choix de ma victime... j'obéirai, maître.

LES AUTRES DIABLESSES.

Et moi! et moi!

LE DIABLE.

Les friandes! Vous aussi vous voulez des victimes... soyez tranquilles, vous n'en manquerez pas. Mais vous me promettez de m'obéir?

TOUTES.

Nous le jurons.

REPRISE DU CHOEUR.

Nous voilà, etc.

(*Mélusine se place près de Gérard, Dragonne près de Canari; les diablesses forment un cercle autour des deux personnages. Le diable se penche à l'oreille de Gérard.*)

LE DIABLE.

Gérard! Gérard! tu rêves de Bertha; où te conduira cette passion? Tâche de l'oublier, mon pauvre ami, et de t'en distraire avec nous.

Air nouveau d'*Artus.*

Beau chevalier, tout cède à ma puissance;
C'est moi qui donne et richesse et plaisir.
Il en est temps, renonce à l'innocence,
Je satisfais jusqu'au moindre désir.
Les sept péchés, grands séducteurs des âmes,
Bons serviteurs, combleront tous tes vœux.
Prendre une femme est très-bien; mais deux femmes,
Mais trois, mais cent, cela vaut beaucoup mieux.
De l'inconstance,
Charme vainqueur,
Sans résistance,
Surprends son cœur!

DRAGONNE, *à Canari.*

Jeune écuyer, de mœurs assez légères,
Cède au plaisir et tu seras heureux,
Tu séduiras princesses et bergères
Par le pouvoir de ton œil amoureux.
Jadis ton père eut plus d'une maîtresse,
A chaque instant changeant de passion,
De fleur en fleur il voltigeait sans cesse,
Fais comme lui, vole, beau papillon.
De l'inconstance, etc.

(*Canari agite en dormant ses mains, comme les ailes d'un papillon.*)

LE DIABLE.

Merci, mes fidèles sujettes, ils sont à nous.

UNE VOIX, *partant du calice d'une rose au milieu d'un buisson de rosiers.*

Pas encore!

LE DIABLE.

Quelle est cette voix qui ose me défier?

LA VOIX.

Moi! me voici! (*Peu à peu la rose s'est développée. — On a vu d'abord paraître au milieu du calice de la rose la tête du personnage qui parle, c'est l'Amour représenté par une très-jeune et très-jolie femme.*)

SCÈNE VIII.

LES MÊMES, L'AMOUR.

MÉLUSINE.

L'Amour!

LE DIABLE.

L'Amour!...

DRAGONNE.

Tiens! il est gentil!

MÉLUSINE.

Il n'est pas mal!...

TOUTES.

Il est charmant!

L'AMOUR.

Air : C'est l'amour.

C'est l'amour, l'amour, l'amour
Qui règne en maître
Sur tout être.
Dans ce séjour,
A son tour,
Chacun subit l'amour.

Quand je descends sur cette terre,
Partout je puis aller loger,
Au palais, ou dans la chaumière
Je ne suis jamais étranger.
Fille, dans sa demeure,
Craint de me voir venir;
Quand je pars, elle pleure
Et veut me retenir.
C'est l'amour, etc.

Je fus autrefois très-volage,
Car j'ai vécu dans tous les temps,
Mais je suis devenu plus sage,
Je m'intéresse aux cœurs constants.
On tend piége sur piége
A la fidélité,
Aussi je la protége
Contre la volupté.
C'est l'amour, etc.

LE DIABLE.

Quoi! tu ne viens pas m'aider dans l'œuvre que j'entreprends?

L'AMOUR.

N'y compte pas...

LE DIABLE.

Toi mon allié le plus adorable!...

L'AMOUR.

Sans le savoir...

LE DIABLE.

Toi qui m'as livré tant d'âmes...

L'AMOUR.

Dis que tu me les a prises...

LE DIABLE.

Je croyais que le Diable et l'Amour s'entendaient secrètement.

L'AMOUR.

Aucun pacte n'existe entre nous.

LE DIABLE.

Nos intérêts sont les mêmes.

MÉLUSINE.

Certainement... il me semble, mon gentil garçon, que vous devez être des nôtres.

DRAGONNE et LES DIABLESSES.

Toujours...

L'AMOUR.

Jamais, car vous corrompez et je purifie... Je suis l'amour sincère...

MÉLUSINE.

L'amour sincère!... connais pas.

DRAGONNE ET LES DIABLESSES.

Ni moi!

CANARI, *endormi.*

Ni moi! ni moi!

L'AMOUR.

Je vous le répète, jadis, j'ai pu abuser de ma puissance en véritable païen... mais je me suis repenti, et Dieu m'a permis de vivre à côté des anges.

LE DIABLE.

Alors, remonte au ciel... Que viens-tu faire ici-bas?...

L'AMOUR.

Je viens vous combattre.

LE DIABLE.

Ah bah! toi, un enfant!

L'AMOUR.

Moi, un enfant qui serai plus fort que vous tous...

LE DIABLE.

Ainsi tu me déclares la guerre?

L'AMOUR.

La guerre sans trêve ni merci... la guerre du bien contre le mal... la guerre du ciel contre l'enfer!

LE DIABLE.

J'ai de belles chances et d'excellents auxiliaires. (*Il montre Mélusine et Dragonne.*)

L'AMOUR.

Je lutterai seul, et je serai vainqueur.

LE DIABLE, *éclatant de rire.*

Allons donc!... nous te verrons à l'œuvre.

L'AMOUR.

Je vous défie, maudits... Gérard, c'est moi seul qu'il faut écouter.

Air :

Beau chevalier, à ses conseils funestes,
Ferme l'oreille et n'écoute que moi :
J'apporte au cœur des extases célestes,
Je te rendrai bien plus heureux qu'un roi.
Les dignités, le renom, les richesses,
Tous les trésors dont l'orgueil est charmé,
Ne donnent pas dans leurs vaines ivresses
Le doux bonheur d'aimer et d'être aimé.
De la constance,
Charme vainqueur,
Sans résistance,
Surprends son cœur!

Aie confiance, mon bel amoureux, je veille sur toi et je veux te faire un présent.

LE DIABLE.

Voyons cela.

L'AMOUR, *montrant le rosier.*

Gérard, mon talisman est déposé dans le calice de cette rose!... tu l'y trouveras à ton réveil...

LE DIABLE.

Des talismans!... l'enfer en a bien d'autres à son service... mes talismans à moi, ce sont les vices, ce sont les passions des hommes.

MÉLUSINE.

Sans parler de celles des femmes.

LE DIABLE.

Et bientôt Gérard m'appartiendra.

DRAGONNE.

Gérard et Canari...

L'AMOUR.

Canari... j'y prends peu d'intérêt : il a presqu'un pied dans l'enfer. (*Canari remue les pieds.*) Mais n'importe, je le surveillerai... il sera fidèle malgré lui.

TOUTES LES DIABLESSES.

Ah! ah! ah! malgré lui.

LE DIABLE.

Ah! ah! ah! mon pauvre Amour, tu te fais vieux, tu commences à radoter. (*Eclats de rire nouveaux du diable et des diablesses.*)

L'AMOUR.

Nous verrons qui rira le dernier. La guerre commence; retirons-nous.

LE DIABLE.

Je le veux bien.

SCÈNE IX.

GERARD, CANARI.

GÉRARD, *s'éveillant.*

Quelle vision!... mais non, c'était un rêve... je n'étais pas endormi... Canari!

CANARI.

Hein!

GÉRARD.

Tu dors?

CANARI.

Oui.

GÉRARD.

Eveille-toi.

CANARI.

Pour quoi faire?

GÉRARD.

Pour partir... Allons nous battre...

CANARI.

C'est pour cela que vous m'éveillez... Moi qui rêvais que j'étais dans un palais d'or, au milieu des plus belles créatures...

GÉRARD.

J'ai fait aussi un rêve étrange... J'ai vu le diable... l'Amour...

CANARI.

Moi de même... et l'Amour m'a dit : Tu seras fidèle malgré toi... Quelle folie !

GÉRARD.

L'Amour m'a promis un talisman... il doit être là dans le calice de cette rose... (*Il va le prendre.*) Un médaillon ! le portrait de Bertha... Oh ! merci, merci, Amour. Ce sera en effet ma sauvegarde contre toutes les séductions.

CANARI.

Amour ! Amour ! fais-moi donc aussi un cadeau, je t'en prie, Amour !...

L'AMOUR, *caché.*

Sois tranquille... je serai toujours là pour t'empêcher de succomber.

CANARI.

Qu'est-ce qu'il dit donc ? J'aime mieux succomber... En voilà un drôle d'Amour !

(*Musique guerrière à l'extérieur.*)

GÉRARD.

C'est l'armée de la princesse de Lorraine qui passe, allons y prendre place.

CANARI.

On y va. (*A part.*) Je trouverai bien moyen de me cacher pendant la bataille.

L'AMOUR, *paraissant sur la colline à droite et montrant Gérard.*

C'est moi qui lui tracerai sa route... celle du devoir et de l'honneur !

LE DIABLE, *paraissant entouré de ses diablesses sur la colline à gauche.*

Et moi je me charge de l'en détourner.

(*Des diables figurant les soldats de la princesse de Lorraine entrent en scène. — On amène un cheval pour Gérard.*)

CHOEUR.

GÉRARD et CANARI.

Air :

Allons, troupe fidèle ;
Nous couvrir de lauriers,
Jamais cause plus belle
N'arma des chevaliers.

Vous, princesses dont les charmes
Nous ont fait prendre les armes,
Nous combattrons sans alarmes,
Car la beauté fait les guerriers.

GÉRARD.

A cheval, à cheval !

CANARI.

Mais je n'ai pas de cheval, moi, monseigneur.

LE DIABLE.

Je vais t'en donner un.

(*Un cheval de bois sort de dessous terre et emporte Canari effrayé des bonds capricieux et des ruades de cet animal fantastique.*)

Fin du premier Acte.

ACTE II.

Paysage avec un moulin.

SCÈNE Ire.

LE DIABLE, *placé près du moulin, sur une hauteur d'où il domine la scène, et regardant au dehors.*

La bataille est engagée. Après avoir saccagé, brulé un pauvre village, les voilà depuis deux heures qui s'égorgent là-bas dans la plaine... toujours pour savoir laquelle des deux princesses a le pied le plus avantageux... L'enfer en rira longtemps ! ah ! ah !

SCÈNE II.

LE DIABLE, MÉLUSINE, *sous les traits de la princesse de Lorraine,* BELPHÉGOR *en page.*

LE DIABLE, *descendant.*

Enfin, vous voilà !

MÉLUSINE.

Ma toilette a été plus longue que je ne le pensais.

LE DIABLE.

Vraiment ?...

MÉLUSINE.

Vous m'avez ordonné de prendre les traits de la princesse de Lorraine... j'ai pensé devoir faire les choses en conscience... Suis-je bien en princesse ?

LE DIABLE.

Mais oui, on s'y trompera.

BELPHÉGOR.

Et moi, suis-je bien en page ?

LE DIABLE.

Pas mal... bouche friande, dents blanches, nez effronté, figure rose... c'est parfait !... maintenant, à nos personnages !

MÉLUSINE.

Je suis au mien.

LE DIABLE.

Il se réduit à ceci : mentir et séduire.

BELPHÉGOR.

C'est facile...

MÉLUSINE.

C'est dans mes moyens.

LE DIABLE.

Attache-toi donc à Gérard, éveille dans son âme le désir de la puissance et des honneurs.

MÉLUSINE.

Mais son amour pour Bertha...

LE DIABLE.

Nous l'éteindrons... nous ferons voir à Gérard que sa fiancée lui est infidèle.

MÉLUSINE.

Infidèle... Bertha...

BELPHÉGOR.

Tiens ! pourquoi pas ? est-ce qu'elle a un talisman, elle aussi ?

MÉLUSINE.

Elle a sa vertu.

BELPHÉGOR.

Vous croyez à la vertu ?

MÉLUSINE.

Avec elle, j'ai peur d'être forcée d'y croire ; raison de plus pour que je la déteste.

LE DIABLE.

Eh bien ! sa vertu... c'est à moi-même, à moi seul de la combattre... Le comte de Reinberg a, dans le pays, une superbe réputation de richesse, de générosité... je serai le comte de Reinberg... sous ses traits, je demanderai au sire de Falkenstein la main de sa fille, il ne me la refusera pas... Eh ! qu'importe la vertu de Bertha, si elle est forcée de m'épouser... Toi, mon cher Belphégor, tu m'accompagneras au château de Falkenstein... je t'abandonne Guillerette.

BELPHÉGOR.

Très-bien. Elle est gentille, cette petite... je crois que je l'aimerai facilement...

MÉLUSINE.

Moi, j'aime déjà Gérard.

LE DIABLE.

Et moi, je suis tout disposé à adorer Bertha... Oui, je crois, le diable m'emporte...

BELPHÉGOR.

Air du *Charlatanisme.*

Eh ! maître, que dites-vous là ?

LE DIABLE.

Quoi ?

BELPHÉGOR.

Que le diable vous emporte !

LE DIABLE.

Est-il bien vrai, j'ai dit cela,
Vraiment, la sottise est trop forte ;

Est-ce l'Amour qui m'étourdit?
Vient-il déjà tourner nos têtes?

BELPHÉGOR.

Bon, l'amour, à ce que l'on dit,
Aux femmes donne tant d'esprit...

LE DIABLE.

Mais il rend les hommes si bêtes,
Il les rend affreusement bêtes.

Allons, Belphégor, partons... Ah! Mélusine, je te laisse mon anneau; il a appartenu au roi Salomon. Tu connais son pouvoir magique; tu pourras en avoir besoin. J'aperçois déjà maître Canari qui court après Dragonne... Nous n'avons pas à nous inquiéter de celui-là... il va tout seul et grand train. Laissons-leur la place libre... Vas ajouter quelque chose à ta toilette.

MÉLUSINE.

Des diamants?

LE DIABLE.

Non... une fleur à ton corsage... Des diamants!... tu aurais l'air d'une vieille femme. (*Ils sortent de différents côtés.*)

SCÈNE III.

CANARI, DRAGONNE, puis L'AMOUR.

DRAGONNE, *fuyant Canari qui la poursuit.*

Voulez-vous bien finir, mauvais sujet!

CANARI.

C'est le mot: mauvais sujet... on le serait à moins... Oh! quels yeux! quelle taille! quelles mains!

DRAGONNE.

Je n'aime pas qu'on me détaille.

CANARI.

Eh bien! je vous prends en bloc.

DRAGONNE.

Taisez-vous donc!.. vous voyez bien que vous avez affaire à une fille d'honneur.

CANARI.

Une fille d'honneur!... tant mieux!... Votre nom?

DRAGONNE.

Agnès

CANARI.

Joli nom! Chère Agnès, laissez-moi vous regarder de près.

DRAGONNE.

Mais vous m'intimidez, monsieur Canari, vous me rendez toute confuse... Songez-vous au moins à m'offrir votre main?

CANARI, *à part.*

Ma main! (*Haut.*) Entendons-nous... on a deux mains... J'ai promis la droite à une fille de mon pays, nommée Guillerette... mais il me reste la gauche, et je la mets à votre disposition.

DRAGONNE.

Un mariage morganatique... ah! fi donc!

CANARI.

Morganatique... c'est ça... en attendant que je dégage ma main droite. (*A part.*) Au fait, une fille d'honneur si candide, ça vaut mieux que Guillerette... car, entre nous, Guillerette est un peu... guillerette... (*Regardant Dragonne.*) Quel air d'innocence, de vertu. Oh! c'en est fait, j'oublie Guillerette, et je t'épouse des deux mains.

DRAGONNE.

Monsieur Canari, votre proposition m'honore, et j'en ferai part...

(*L'Amour paraît sur la hauteur et étend sa baguette sur Dragonne.*)

CANARI.

A qui?

DRAGONNE, *à part.*

A qui?... Qu'est-ce que j'ai donc? c'est drôle... je voudrais mentir, et je ne peux plus.

CANARI.

Eh bien?... Qué n'avons donc?... Vous parlez si bas que je n'entends plus rien, chère Agnès.

DRAGONNE, *vivement.*

Je ne m'appelle pas Agnès, je m'appelle Dragonne.

CANARI.

Dragonne!... une fille d'honneur... Ah! c'est juste, une dragonne de vertu.

DRAGONNE.

Je ne suis pas fille d'honneur, je suis... Tiens, veux-tu savoir ce que je suis?

CANARI.

Elle me tutoie!

DRAGONNE.

Prends une dose suffisante des sept péchés capitaux, mêle y un peu de ruse, beaucoup de mensonge, une bonne quantité de médisance et de coquetterie... Combine le tout de façon à séduire les yeux et à pervertir l'âme... alors, tu sauras ce que je suis.

CANARI.

Voyez-vous ça!

DRAGONNE.

Air de *l'Anonyme.*

Je ris, je bois, et je joue et je chante
Avec fureur!

CANARI.

Ah bah! quel changement!

DRAGONNE.

Sache-le bien, l'inconstance m'enchante,
C'est un péché si mignon, si charmant!
Bien loin de moi ma modeste toilette,
Sous ce bonnet je pouvais te tromper,
Mais par-dessus les moulins je le jette
Et sans jamais vouloir le rattraper,
Et je ne veux jamais le rattraper.

(*Son costume de fille d'honneur est remplacé par un autre plus léger, plus court, couleur de feu. Son bonnet s'envole par-dessus le moulin.*)

CANARI.

Tudieu! quelle gaillarde!

L'AMOUR, *à part.*

J'espère que le voilà sauvé.

CANRI, *avec explosion.*

Eh bien, j'aime mieux ça!

L'AMOUR, *à part.*

Plaît-il?... Qu'est-ce qu'il dit?

CANARI.

Même air.

Oui, comme toi, l'inconstance m'enchante,
Je t'évoûrai,

DRAGONNE.

Très-bien, il est charmant!

CANARI.

Je ris, je joue et je bois et je chante

L'AMOUR.

J'aurai raison d'un pareil garnement!

(*Il disparaît.*)

CANARI.

Oui, je délaisse à la fin Guillerette,
Sans nul égard, je prétends la tromper;
Jette aux moulins ton bonnet, Dragonnette,
Je n'irai pas, certes, le rattraper,
Foin du bonnet, ma chère Dragonnette,
Ce n'est pas moi qui veux le rattraper!

(*Parlé.*) Je m'en garderai bien... je m'en garderai bien...

DRAGONNE.

A la bonne heure! A nous le plaisir, la joie, les fêtes, la danse... Oh! la danse surtout! (*Elle se met à danser. Canari, transporté, lui fait vis-à-vis.*)

POLKA.

ENSEMBLE.

Zon, zon, vive la danse,
Zon, zon, vite en cadence,
Rions, sautons,
Aimons, chantons.

DRAGONNE.

Zon, zon, par la folie,
La vie est embellie,
Il faut, il faut saisir
Le moment du plaisir.

(*Ils dansent.*)

ENSEMBLE.

CANARI.

Zon, zon, je m'abandonne
A toi, chère Dragonne,
Ton amoureux regard
M'a percé de son dard.

ENSEMBLE.

Zon, zon, etc.

(Ils se mettent à danser en chantant.)

CANARI, *s'arrêtant au milieu de la danse.*

Ah ! mon maître !

DRAGONNE.

Et la princesse de Lorraine !

SCÈNE IV.

GÉRARD, MÉLUSINE, CHEVALIERS, CANARI ET DRAGONNE, SEIGNEURS DE LA SUITE DE LA PRINCESSE DE LORRAINE.

MÉLUSINE.

Recevez mes félicitations, chevalier... c'est à votre vaillance que je dois la victoire.

GÉRARD.

Mon Dieu ! je n'ai fait que suivre l'exemple de vos capitaines, madame.

MÉLUSINE.

Ne cherchez pas à rabaisser votre mérite... Quoi que vous disiez, sire chevalier, j'ai contracté une dette envers vous, une dette de reconnaissance... Il faut une récompense à votre valeur... A vous de la demander et de l'obtenir...

CANARI.

On parle de récompense; j'en suis...

MÉLUSINE.

Retirez-vous, messeigneurs.

(Les chevaliers sortent.)

SCÈNE V.

MÉLUSINE, GÉRARD, CANARI, DRAGONNE.

MÉLUSINE.

Nous voilà seuls... Eh bien ! chevalier Gérard, cette récompense que vous avez si bien gagnée... quelle sera-t-elle ? que puis-je faire pour vous? parlez ! j'attends votre réponse !

GÉRARD.

Vous allez me trouver bien hardi, madame ; car je vais mettre un haut prix aux faibles services que j'ai été assez heureux pour vous rendre... Je n'ai qu'une pensée, qu'un désir... et ce désir, vous pouvez le combler d'un seul mot... J'aime la belle Bertha, et le sire de Falkenstein ne veut accorder la main de sa fille qu'à un comte de l'empire...

MÉLUSINE.

Et vous voulez...

GÉRARD.

Un brevet de comte.

MÉLUSINE.

Vous n'êtes pas ambitieux, sire Gérard... mais vous méritez davantage... On ne vous a donc pas dit quel serait le prix de la victoire? Je ne sais si c'est à moi de vous le faire connaître.

DRAGONNE.

Le prix de la victoire, c'est la main de la princesse de Lorraine.

GÉRARD, *à Mélusine.*

Votre main, madame !

CANARI, *à part.*

Quelle chance ! je serai l'écuyer d'un prince !

DRAGONNE.

Oui, messire, vous avez, sans vous en douter, conquis une belle couronne.

GERARD.

C'est un rêve !

CANARI.

Un beau rêve !

MÉLUSINE.

Et cependant, sire Gérard, le réveil vous épouvante !

GÉRARD.

Madame... je ne suis pas digne d'un tel honneur... Dieu m'est témoin que je serais heureux de vous consacrer ma vie... mais, je vous l'ai dit, je ne m'appartiens plus...

CANARI.

Ça ne fait rien, monseigneur; on se partage. Moi, je me partagerais.

GÉRARD.

J'ai donné mon cœur et mon âme à Bertha... Ayez donc pitié de mon amour, madame... Daignez m'accorder un brevet de comte, et laissez-moi rejoindre ma fiancée qui m'attend.

CANARI, *à part.*

Comment ! il refuse la princesse ! un si beau brin de femme !

MÉLUSINE.

Je voudrais pouvoir admirer votre fidélité, sire Gérard, mais il faudrait pour cela que l'objet d'un si constant amour...

GÉRARD.

Eh bien?

MÉLUSINE.

Fût digne de vous, et gardât votre souvenir comme vous conservez le sien !

GÉRARD.

Madame, qu'osez-vous dire ?

CANARI.

Des cancans !

MÉLUSINE.

Je ne dirai rien, mais je vous ferai voir ce qui se passe chez votre belle, grâce à cet anneau qui vient du grand roi Salomon.

CANARI.

Le roi Salomon, le mari aux 300 femmes ! Voilà comme je comprends la royauté !

MÉLUSINE.

Ecoutez et regardez.

(Elle frotte son anneau. Dans le fond du théâtre, à la place du moulin, paraît derrière une gaze, la chambre de Bertha.— La jeune fille est vêtue de blanc. Guillerette est près d'elle et lui montre un écrin qu'elle tient à la main.)

CANARI.

Oh ! le manoir de Falkenstein !

GÉRARD.

Bertha !

CANARI.

Et Guillerette ! Bonjour, ma petite Guillerette !

DRAGONNE.

Silence !

GÉRARD.

C'est elle... Bertha ! Bertha ! Est-il donc vrai qu'elle m'oublie? j'en appelle à toi, mon talisman. *(Il tire son médaillon.)*

MÉLUSINE, *à part.*

O mon anneau, fais qu'elle lui paraisse infidèle !

L'AMOUR, *paraissant sur un côté de la scène.*

Jamais !

Air de *Doche.*

Va, je me moque d'avance
De l'anneau de Salomon.
Je me ris de ta puissance,
Je te vaincrai, beau démon.

GUILLERETTE, *dans la chambre de Bertha.*

Mais voyez donc, damoiselle, ces joyaux, comme ils brillent ! n'auront-ils pas le pouvoir de vous consoler de tous vos chagrins?

BERTHA.

Ces joyaux, je n'en veux pas.

GUILLERETTE.

Vous avez tort... ils sont superbes... et à votre place, moi... je prendrais... on prend toujours.

CANARI.

Plaît-il? vous dites, Guillerette?

DRAGONNE.

Silence ! elle ne t'entend pas.

SCÈNE VI.

LES MÊMES, BELPHÉGOR *en page*, LE DIABLE *sous les traits du comte de Reinberg.*

BELPHÉGOR, *annonçant.*

La comte de Reinberg !

MÉLUSINE, *à Gérard.*

Votre rival!

GÉRARD.

Mon rival!

MÉLUSINE.

Le plus riche, le plus puissant seigneur de toute l'Allemagne.

GÉRARD.

Je tremble.

LE DIABLE, *à Bertha.*

Je viens, damoiselle, au nom et sous l'autorité de votre père, le sire de Falkenstein, mettre à vos pieds et mes trésors et ma couronne de comte... parlez et vous commanderez en reine à mes innombrables vassaux, et toutes les femmes envieront l'éclat dont vous serez entourée... fortune, dignité, puissance, tout est à vous... dites un mot, un seul mot que je ne trouverai pas encore assez payé au prix de tous les biens de la terre; dites un mot, consentez à être ma femme.

GÉRARD.

Sa femme!

BERTHA.

Vous savez bien, messire, que cela ne se peut.

GÉRARD.

Ah! chère Bertha!

CANARI.

Bravo!

MÉLUSINE, *à part.*

Que signifie!... (*Elle frotte son anneau.*)

L'AMOUR.

Air précédent.

Va, malgré ton espérance,
Ton anneau, je le sais bien,
Peut rapprocher la distance;
Sur les cœurs il ne peut rien.

LE DIABLE.

Vous aimez donc encore ce chevalier Gérard?...

BERTHA.

Toujours!...

GÉRARD, *avec joie.*

Toujours!...

CANARI.

Bravo!... excellent exemple pour Guillerette.

GÉRARD, *à Mélusine.*

Mais que disiez-vous donc, madame?

CANARI.

Des cancans... je le savais bien...

DRAGONNE, *à Canari.*

Te tairas-tu?

CANARI.

Ne pincez pas, Dragonne!

MÉLUSINE, *à part.*

Oh! je suis furieuse...

LE DIABLE.

Vous refusez d'être comtesse de Reinberg... Mais il ne refuse pas, lui, ce Gérard que vous me préférez, d'épouser la princesse de Lorraine...

GÉRARD.

Mensonge!

CANARI.

Lui aussi, il fait des cancans...

DRAGONNE, *à Canari.*

Silence!

CANARI.

Ne pincez donc pas, Dragonne!

BERTHA.

Est-il possible?... Lui, Gérard... Oh! je ne vous crois pas... je ne puis vous croire... après tant de serments et la douleur de nos adieux... (*Cris joyeux dans le lointain.*)

LE DIABLE.

Tenez, entendez-vous ces cris joyeux, ces chants d'allégresse?... Voyez-vous ce cortége? C'est la fête de ses fiançailles...

GÉRARD.

Ses fiançailles!

CANARI.

Ah bien! elle est bonne, celle-là...

LE DIABLE.

Et si vous doutez encore, voyez-le; voyez-le lui-même, l'orgueil et le bonheur au front, et la main dans celle de la princesse... (*Une autre toile se lève et l'on voit passer un cortége nuptial.*)

BERTHA.

Gérard! grand dieu!... c'est lui... c'est bien lui!

GUILLERETTE.

Je le reconnais, et Canari aussi.

(*Deux personnages habillés comme Gérard et Canari peuvent se distinguer dans le cortége.*)

CANARI.

Moi, par exemple!

GÉRARD.

C'est une trahison!... Bertha!...

CANARI.

Pardieu! vous nous regardez par là-bas, mesdames, et nous sommes ici...

DRAGONNE.

Parlez, criez, on ne vous entend pas.

CANARI.

Mais ne pincez donc pas, Dragonne.

MÉLUSINE, *à part.*

Merci, merci, mes démons.

LE DIABLE.

Bertha, repousserez-vous encore ma main?... refuserez-vous toujours cette parure?

BERTHA.

Cette parure...

GUILLERETTE.

Air : *Faut l'oublier.*

Prenez-la, gente damoiselle,
Acceptez ces brillants atours.

BERTHA.

Plus de bonheur et plus d'amours...
A quoi sert de me faire belle?

GUILLERETTE.

De se distraire on peut bien essayer.

BERTHA.

Hélas! mon âme est asservie
A Gérard, à mon chevalier,
Et pour toujours, quand il m'oublie,
Je ne puis jamais l'oublier.

BERTHA.

Reprenez cette parure, messire... et dites à mon père qu'il peut disposer de ma liberté en me jetant dans un cloître, mais qu'il n'arrachera pas de mon cœur le souvenir de l'ingrat qui m'abandonne... je lui serai fidèle, malgré son infidélité!... et jamais je ne serai la femme d'un autre.

TOUS.

Jamais!...

CHOEUR.

BERTHA.

Malgré sa princesse,
Malgré vos discours,
A lui ma tendresse,
A lui pour toujours!

MÉLUSINE et DRAGONNE.

Voyez leur tendresse,
Malgré nos discours;
Mais avec adresse
Cherchons d'autres tours.

GUILLERETTE.

Malgré la princesse,
Malgré vos discours,
Il a sa tendresse,
Et c'est pour toujours.

GÉRARD.

Oh! quelle allégresse,
Les belles amours;
A toi ma tendresse,
A toi pour toujours!

LE DIABLE et BELPHÉGOR.

Voyez sa tendresse,
Malgré nos discours,
Mais avec adresse
Cherchons d'autres tours.

CANARI, *à Guillerette.*

Comme ta maîtresse,
Garde tes amours,
Ne sois pas traîtresse,
Attends-moi toujours.

(*A la fin du chœur, Bertha fait signe au Diable de sortir. Elle s'éloigne par la droite, le diable par la gauche. — Gérard et Mélusine sortent aussi chacun d'un côté opposé.*)

SCÈNE VII.

CANARI, DRAGONNE, GUILLERETTE, puis BELPHEGOR.

CANARI.

Ça va bien, ça va très-bien... on nous est fidèle.

DRAGONNE.

Fidèle ! tiens, regarde à ton tour. (*Guillerette se dispose à suivre Bertha ; elle est arrêtée par Belphégor qui l'embrasse.*

CANARI.

Hein ! qu'est-ce que c'est que ça ?

GUILLERETTE.

Encore vous, monsieur Alain... depuis ce matin, c'est le septième baiser.

CANARI.

Le septième...

BELPHÉGOR.

Je ne compte pas avec mes amis.

GUILLERETTE.

Taisez-vous, je veux vous traiter comme ma maîtresse a traité le sire de Reinberg... Allez-vous-en...

CANARI.

A la bonne heure... Veux-tu t'en aller.

BELPHÉGOR.

Je reste.

GUILLERETTE.

D'ailleurs, j'ai promis ma main à Canari.

CANARI.

Très-bien.

BELPHÉGOR.

Ton Canari est un serin.

GUILLERETTE.

C'est possible.

CANARI.

Hein !

DRAGONNE, *appuyant.*

Un serin !

CANARI.

J'avais bien entendu... c'est un petit oiseau.

DRAGONNE.

Jaune...

BELPHÉGOR.

Puis, d'ailleurs... comme son maître...

GUILLERETTE.

Eh bien ?

BELPHÉGOR.

Il te fait des traits, regarde à ton tour.

(*La toile se relève au fond, et l'on voit un faux Canari avec une fausse Dragonne, en ombres chinoises, exécuter la polka* Zon, zon.)

GUILLERETTE.

C'est de la magie ! Lui, Canari, un magot pareil !... infidèle !... oh ! si je le savais...

BELPHÉGOR.

Eh bien, si vous le saviez ma gentille Guillerette ?...

GUILLERETTE.

Air : *Faut l'oublier.*

Lui, me trahir... Que dois-je croire !
Est-il vivant, mon Canari ?
Ou bien faut-il, pauvre chéri,
Donner un pleur à ta mémoire !

CANARI, *parlé.*

Ne pleure pas, pauvre chatte, je ne suis pas mort.

GUILLERETTE.

Mais s'il vivait, s'il osait essayer
De me tromper... la jalousie,
Le désespoir sauraient me conseiller.
Je me dirais : l'ingrat m'oublie,
Faut l'oublier ! (*bis.*)
Ah bah ! puisque l'ingrat m'oublie,
Faut l'oublier ! (*bis.*)

(*Belphégor l'embrasse de nouveau*).

CANARI.

Huitième baiser ! oh ! la traîtresse... et à mon nez, à ma barbe. (*La vision disparaît.*) Disparue ! éclipsée !

SCÈNE VIII.

CANARI, DRAGONNE.

DRAGONNE.

Avec lui, avec Alain.

CANARI.

Scélérat de page !... embrasseur éternel... oh ! j'étouffe de colère et je me vengerai... (*A Dragonne.*) Chère Agnès, c'est-à-dire, non... adorable Dragonne, je veux vous reprendre le baiser qu'il lui a donné, je le veux, il me le faut...

L'AMOUR, *sortant d'un puits placé sur un des côtés de la scène.*

Tu ne le prendras pas !...

CANARI.

Plaît-il ?... je ne le prendrai pas ?...

DRAGONNE.

Je n'ai rien dit.

CANARI.

A la bonne heure !... Oh ! Guillerette, quel plaisir que la vengeance. (*Il va pour embrasser Dragonne. — L'Amour étend sa baguette. Canari s'arrête pour éternuer avec violence.*) Ah ! sapristi, je suis enrhumé comme un loup ; mais enfin voilà que ça se passe, et pour me guérir, j'en prendrai deux.

DRAGONNE, *avec coquetterie.*

Un seul... je n'en accorde qu'un seul.

CANARI.

Bah ! il n'y a que le premier qui coûte. (*Même jeu. — Il veut l'embrasser, mais il s'éloigne d'elle malgré lui, en tournoyant et en chantant.*)

Ma commère, quand je danse, etc.

DRAGONNE, *étonnée.*

Il se moque de moi... Tu vas me le payer !...

CANARI, *toujours dansant et chantant.*

Ah ça, est-ce que j'ai bu ce matin ?

DRAGONNE.

Ne crois pas m'échapper, misérable !

DRAGONNE.

Je te saute aux yeux !

CANARI.

Et moi, je vous saute au cou, ma chère Dragonne. (*Dragonne veut s'élancer sur lui, mais, d'une part, la baguette de l'Amour, étendue sur sa tête, la force à marcher à reculons ; et de l'autre, Canari tombe par terre et frappe trois fois le sol en criant :*

Trois petits pâtés, ma chemise brûle !

DRAGONNE.

L'Amour était là !...

L'AMOUR.

Toujours !

(*Dragonne s'éloigne malgré elle, et l'Amour rentre dans son puits.*

CANARI.

L'Amour ! je n'en veux plus à ce prix-là ; j'envoie l'Amour à tous les diables.

SCÈNE IX.

GÉRARD, CANARI.

GÉRARD.

Canari !... Canari !

CANARI.

Ah ! c'est vous, mon cher maître !

GÉRARD.

Moi, le plus furieux, le plus désespéré de tous les hommes.

CANARI.

Et moi le plus berné, le plus mystifié.

GÉRARD.

Pour prix de mes services, on veut m'enlever jusqu'à mon titre de chevalier, on me chasse du camp.

CANARI.

On me fait faire : trois petits pâtés, ma chemise brûle.

GÉRARD.

Ma tête est en feu !

CANARI.

Moi, il ne s'agit pas de ma tête.

GÉRARD.

Je ne veux pas rester ici davantage ; retournons au Falkenstein.

CANARI.

Retournons-y.

GÉRARD.

La fidélité de Bertha me consolera de tous mes malheurs.

CANARI.

Si je n'ai pour me consoler que la fidélité de Guillerette...

GÉRARD.

Allons, viens; partons!

CANARI.

Oui, partons!

(Coup de tam-tam dans la coulisse.)

LA VOIX DU DIABLE.

Vous n'irez pas!...

GÉRARD.

Cette voix?...

CANARI.

Nous n'irons pas... voilà que ça recommence!

TABLEAU.

(Le décor change, et le théâtre représente des ruines affreuses. — La lune jette sur ce tableau une clarté pâle et lugubre.

GÉRARD.

Horrible prodige!

CANARI.

Ça ne s'est jamais vu!

GÉRARD.

Où sommes-nous?

CANARI.

Est-ce que je sais? Je n'ai pas une goutte de sang dans les veines.

GÉRARD.

Je saurai bien me frayer un passage.

CANARI.

Oui, frayez-nous un passage.

(Gérard met l'épée à la main et va s'élancer au dehors. — Du milieu des ruines, de tous les côtés, sortent des nymphes qui l'entourent et forment des groupes.)

CANARI.

Des femmes! ça se complique...

(Les danseuses ramènent Gérard et Canari sur le devant de la scène. — Ballet autour d'eux. — Ils s'échappent de leurs bras, mais pour rencontrer Mélusine et Dragonne.)

GÉRARD.

La princesse...

CANARI.

Eh! sapristi! Dragonne!

GÉRARD.

Laissez-moi, madame, laissez-moi...

(Dragonne s'empare de Canari.)

CANARI.

Ne pincez pas, Dragonne.

(Mélusine fascine Gérard, Dragonne tourmente Canari. — Pas gracieux de Mélusine et de Gérard. — Pas grotesque de Dragonne et de Canari. — Sur un signe du diable, valse générale.)

GÉRARD, *tirant le portrait de Bertha de son sein.*

A moi! Bertha! à moi!

(Les démons se retirent peu à peu.)

CANARI.

Merci, Amour! merci.

LE DIABLE, *en se retirant.*

Employons tout l'enfer.

(Le décor change: un lac couleur de feu remplace les Ruines, et s'avançant jusqu'au second plan du théâtre, ferme la route à Gérard et à Canari.)

GÉRARD.

Mon Dieu! secourez-nous!...

CANARI.

La Mer-Rouge!... mais non, ça n'est pas de l'eau, c'est du feu...

Chœur des Démons dans la coulisse.

Air nouveau d'*Artus*.

Approchons,
Empêchons
Cette fuite,
Venez vite,
Approchons, (*bis.*)
Marchons.

GÉRARD.

L'enfer veut gouverner le monde,
Il veut soumettre à sa loi
Et la terre et l'onde,
Mais en vain sa colère gronde,
Je suis, moi,
Sans effroi.

CANARI.

L'enfer veut gouverner le monde,
Et lorsqu'en feu, je voi
Ici se changer l'onde,
J'éprouve une terreur profonde,
Je suis, moi,
Mort d'effroi.

LE DIABLE, *rentrant.*

L'enfer seul gouverne le monde,
Qui pourrait nier sa loi!
Quand mon courroux gronde,
Tout sur cette machine ronde
Meurt d'effroi. (*ter.*)
Je suis roi.

Approchons, etc.

(Gérard arrache une épée à un démon et combat le diable, mais chaque coup qu'il lui porte ne pénètre pas. — Le diable se découvre et laisse arriver l'épée de Gérard jusqu'à sa poitrine, en poussant un éclat de rire. — Gérard est désespéré, il finit par être désarmé et entraîné par les démons. — Dragonne s'élance vers Canari avec deux petits sabres. — Elle le force à en prendre un. — Combat grotesque. — Canari se croit vainqueur, mais il s'aperçoit bientôt que Dragonne est invulnérable. — Après le combat, les démons s'emparent de Canari et le font tourner de mains en mains, puis ils le poursuivent avec des pétards enflammés. Canari est jeté par eux, à la fin de cette scène, dans le lac de feu. — A ce moment, le lac de feu se change en un lac d'azur. — L'Amour paraît dans une nacelle, où il a recueilli ses deux protégés.

L'AMOUR.

L'Amour seul gouverne le monde,
Qui pourrait nier sa loi?

(Montrant les Démons.)

Quand leur courroux gronde,
Ne craignez rien: qu'on me seconde,
Plus d'effroi,
Je suis roi.

(Les démons vaincus jettent des cris de malédiction. — Canari dans la barque, leur fait un pied de nez.)

Fin du deuxième Acte.

ACTE III.

Une espèce d'hôtellerie aux environs d'Antioche.

SCÈNE I.

PIERRE FLAMMÈCHE, BLANDINE.

(Pierre est attablé et boit. — Blandine entre.)

BLANDINE.

Encore à boire!

PIERRE.

Toujours, épouse adorée, toujours... En veux-tu?

BLANDINE.

Tu n'as pas honte!

PIERRE.

Honte de boire!... une des qualités morales les plus remarquables chez l'homme!

BLANDINE.

Allah te punira.

PIERRE.

Pourquoi ça?... Puisqu'il a créé le vin, c'est apparemment pour qu'on le boive!

BLANDINE.

Penser qu'il est dans cet état-là tous les jours de la semaine!

PIERRE.

Blandine, ces plaintes me touchent infiniment, mais elles m'ennuient.

BLANDINE.

Va, tu es indigne d'avoir une femme comme moi, et ma vertu...

PIERRE.

Ta vertu ! le beau mérite... les habitants d'Antioche sont des gaillards si séduisants !

BLANDINE.

Au moins, ils ne s'enivrent pas.

PIERRE.

Je crois bien, ils ne boivent que de l'eau ; moi, j'ai beau être musulman comme eux, j'oublie la loi de Mahomet et je me permets de boire du vin.

Air : *J'aime mieux boire.*

On nous traite de païens,
On nous traite de vauriens,
Parce que l'eau des citernes
Nous donne des faces ternes
Que n'ont jamais les chrétiens !
Le vin, le vin,
Donne un coloris divin ;
C'est du vin, et j'en fais gloire,
Que je veux boire.

L'eau ne convient qu'aux poissons,
Dit le sage en ses leçons.
La bouteille est mon idole,
Le vin même me console
Quand sur toi j'ai des soupçons.
Le vin, le vin
Voilà le plaisir divin.
A ta vertu, si j' veux croire,
Je m' mets à boire.

BLANDINE.

Tu deviendras un sujet de scandale, et nous serons chassés de ce pays.

PIERRE.

Eh bien ! on s'en ira !... il n'est déjà pas si beau, le pays...

BLANDINE.

C'est vrai ! par les brillantes affaires que nous y faisons... et par ta faute encore...

PIERRE.

Non, par la faute du vin !

BLANDINE.

Pourquoi tous les habitants ont-ils abandonné notre pauvre établissement ? Pourquoi notre voisine la sorcière, la belle Armide, qui nous comblait de ses bienfaits, lorsqu'elle venait avec ses femmes se reposer ici, en sortant du bain, n'y vient-elle plus ? Pourquoi fait-elle un détour afin de ne plus passer devant chez nous ?

PIERRE.

La crainte d'être séduite par ma bonne mine !... L'enchanteresse a peur d'être enchantée par moi.

BLANDINE.

Tais-toi donc, mauvais plaisant ! Armide et ses femmes sont lassées de te voir toujours ivre. Et depuis lors notre maison est perdue... plus de vente ! plus de chalands, plus rien !

PIERRE.

Tu vois donc bien qu'il faut que je consomme nos provisions.

BLANDINE.

Bientôt nous serons réduits à la misère.

PIERRE.

Le sage méprise les richesses.

BLANDINE.

Et cela par ta faute ! je te le répète, c'est une infamie !

PIERRE.

Blandine ! j'ai le vin rageur ; tu as la vertu querelleuse, ça va se gâter.

BLANDINE.

Misérable sans cœur et sans âme !

PIERRE.

Blandine, chère amie, je ne sais pas si vous en doutez... mais tu m'agaces furieusement les nerfs.

BLANDINE.

Tu ne boiras plus.

PIERRE.

Oh ! c'est trop fort ! quel affreux caractère, le diable n'y tiendrait pas.

BLANDINE.

Je te dis que tu ne boiras pas. (*Elle lui arrache la bouteille et la jette à terre.*)

PIERRE.

Mon vin !... attends ! attends !...

BLANDINE.

Tu ne l'auras pas.

PIERRE.

Chère mignonne, tu sais que nos entretiens finissent toujours par une correction : tiens ! attrape donc !

(*Il lui donne un soufflet.*)

BLANDINE, *elle veut se jeter sur lui, il lui prend les deux mains et la contient.*

Un soufflet !... Ah ! tu abuses de ta force... c'est égal, tu me le paieras !

PIERRE.

Jamais !

ENSEMBLE.

Air : *La paix est faite* (des Noces de Jeannette).

BLANDINE.

Maudit ivrogne,
Va, ne crois pas
Que sans vergogne
Tu me battras.
Non, je suis femme,
J'ai de bons bras.
Et, sur mon âme,
Tu m' le paieras.

PIERRE.

Je suis ivrogne,
Je n' changerai pas ;
Et sans vergogne,
Je m' dis tout bas :
Non, sur mon âme,
Ce soufflet-là,
Jamais ma femme
Ne m' le rendra.

(*Blandine sort furieuse.*)

SCÈNE II.

PIERRE, *seul.*

Voyez cependant si je n'apporte pas de la modération dans mes rapports avec ma femme... je ne sais pas jusqu'où ça irait... Mais qu'est-ce qu'elle a donc à me rendre malheureux ? qu'est-ce que ça lui fait que je boive ? Il faudra qu'elle s'y habitue ou je la donnerai au diable.

SCÈNE III.

PIERRE, LE DIABLE.

LE DIABLE, *en costume de démon.*

Merci, je la prends.

PIERRE.

Hein ? qu'est-ce que c'est ?

LE DIABLE.

Tu as dit : je donne ma femme au diable...

PIERRE.

Vous êtes le diable ?

LE DIABLE.

Le diable la prend.

PIERRE.

Un instant... permettez... j'ai dit que je la donnerais si... c'est conditionnel. Elle a un bien mauvais caractère, ma femme, je lui rends justice... mais j'y tiens cependant.

LE DIABLE.

Je t'en débarrasse... En échange je t'accorderai tout ce que tu voudras.

PIERRE.

Vous voulez me tenter.

LE DIABLE.

C'est mon métier.

PIERRE.

Eh bien !... non, je garde ma femme ; si vous me la preniez, je n'aurais plus personne à battre.

LE DIABLE.

Je te fais riche... j'élève un palais à la place de cette masure.

La belle Armide et ses femmes viendront te voir, comme par le passé... tes moindres désirs seront comblés.

PIERRE.

Oui, mais je ne saurais plus avec qui me disputer... il me manquerait quelque chose.

LE DIABLE.

Songe à ce que tu refuses.

PIERRE.

Tenez, j'y pense... je consens à vous donner ma femme, bien qu'elle doive porter le trouble dans votre domicile... mais à une condition : si vous pouvez, tout diable que vous êtes, rester seul avec elle pendant un quart d'heure sans vous quereller, sans la battre ou sans être battu, et surtout sans lâcher un sacrebleu ! Eh bien ! je reste veuf. Mais si la patience vous échappe, le marché est rompu ; je la garde pour moi et vous me donnerez tout ce que vous m'avez promis.

LE DIABLE.

Un quart d'heure, pas plus !

PIERRE.

Vous reculez ?

LE DIABLE.

Non pas, va pour un quart d'heure... (*A part.*) Au fait, cela donnera le temps à nos deux naufragés d'arriver... mes démons ont dû culbuter leur barque.

PIERRE.

Est-ce dit ?

LE DIABLE.

Tope, marché conclu.

PIERRE, *secouant sa main.*

Sac à papier ! qu'est-ce que vous avez donc dans la main ?

LE DIABLE

Je vais prendre tes habits.

PIERRE.

Et moi ?

LE DIABLE.

Tu auras les miens.

Son costume disparaît ; il se trouve couvert des habits de Pierre, qui à son tour est revêtu d'un costume de diable ; il a surtout une grande queue qui paraît beaucoup le contrarier et dont il ne sait que faire.

PIERRE.

Où voulez-vous que j'aille avec une pareille tenue ?

LE DIABLE.

Dans la cave.

PIERRE.

Ah ! c'est différent... vous me prenez par mon faible ! Mais dites donc, à propos, est-ce que vous prétendez me ressembler ? Si vous avez mon costume vous n'avez pas ma figure.

LE DIABLE.

Je l'espère bien ! mais par le seul effet de ma volonté, je te ressemblerai aux yeux de Blandine, elle me prendra pour toi.

PIERRE.

Bah ! avec votre grande barbe.

LE DIABLE.

Très-bien.

PIERRE, *lui montrant ses cornes.*

Avec vos...

LE DIABLE.

Raison de plus.

PIERRE.

Est-ce possible ?

LE DIABLE.

Parole d'honneur !

Air : *Contentons-nous.*

Pour elle seule, oui, grâce à ma puissance,
Sans rien changer de ce physique-là,
Je serai toi, je te réponds d'avance
Que ta Blandine, ainsi, s'y trompera.
Pour garantir cette erreur de la dame,
J'ai tout l'enfer... d'ailleurs, retiens ceci :
Mauvais moyen pour séduire une femme,
De ressembler par trop à son mari.

Allons, va-t-en ; je te rappellerai quand il en sera temps.

PIERRE.

Au revoir.

LE DIABLE.

Eh bien ! ou vas-tu donc ?

PIERRE.

Dans ma cave.

LE DIABLE.

Elle est là-dessous ta cave.

PIERRE, *disparaissant dans la cave par une trappe anglaise.*

Ah ! c'est juste.

SCÈNE IV.

LE DIABLE, *seul.*

Allons, jouons bien notre rôle. L'enchanteresse Armide, une des nôtres a cédé sans peine et sa place et son nom à Mélusine : c'est ici que Mélusine va venir avec ses femmes, ici qu'elle doit retrouver Gérard... Et moi, en attendant, je vais faire la cour à la femme de Pierre Flammèche... Pourquoi pas !

Air de *l'Héritière*.

Elle est agréable à la vue,
D'un embonpoint satisfaisant.
Proserpine n'est pas pourvue
De ce minois appétissant.
Mais toutes deux ont la même âme.
Blandine, ô destin singulier,
Tu vas me rappeler ma femme
En me la faisant oublier.

Attention ! voici Blandine, je suis son mari jusqu'à nouvel ordre ; j'ai le costume de Flammèche... et il est convenu que je dois en avoir la vilaine figure.

SCÈNE V.

LE DIABLE, BLANDINE.

(*Demi-obscurité pendant cette scène.*)

LE DIABLE.

Te voilà, Blandine... arrive donc, chère amie...

BLANDINE.

Tu es bien doux maintenant.

LE DIABLE.

Pourquoi me dis-tu ça ?... à cause de ma petite vivacité... Tu y penses encore ?

BLANDINE, *à part.*

J'y pense si bien que la journée ne se passera pas que je ne te le rende.

LE DIABLE.

Mais cela arrive dans les meilleurs ménages... battre sa femme, c'est une preuve qu'on l'aime.

BLANDINE.

Aime-moi un peu moins.

LE DIABLE.

Il faut savoir se passer mutuellement ses petits défauts... Tu en as aussi, toi.

BLANDINE.

J'ai celui d'être ta femme.

LE DIABLE.

C'est méchant !... Au fait, voyons... on se querelle... je sais bien que dans le premier moment cela n'est pas agréable... on se dit de vilaines choses, on a la main et la parole plus lestes qu'on ne le voudrait... mais cela passé, que reste-il ?

BLANDINE.

Il reste les soufflets reçus.

LE DIABLE.

Il reste le raccommodement, les chatteries d'un mari qui peut avoir quelques torts à se faire pardonner de sa petite femme et qui lui en demande pardon.

BLANDINE.

Quitte à recommencer dans une heure.

LE DIABLE.

Il ne faut jamais anticiper sur l'avenir.

BLANDINE.

Avec cela que le passé est bien gai !

LE DIABLE.

Mais le présent ?

BLANDINE.

Quoi !... le présent ?

LE DIABLE.

Eh bien ! le présent, c'est le pardon... c'est d'abord un bon gros baiser sur cette joue rose qu'on a eu la bassesse de frapper.

BLANDINE.

Cela n'efface pas le soufflet.

LE DIABLE.

Cela en atténue la gravité, tu vas voir. (*Il l'embrasse. A part.*) Elle me plaît; par l'enfer ! elle me plaît !

BLANDINE.

Tu me brûles.

LE DIABLE.

Ne trouves-tu pas qu'il fait horriblement chaud aujourd'hui ?

BLANDINE.

Tu as raison. (*Elle ôte son fichu.*)

LE DIABLE.

Oh ! les belles épaules !

BLANDINE

Comme s'il ne les connaissait pas !

LE DIABLE.

Je ne les avais jamais si bien vues.

BLANDINE, *à part.*

Qu'est-ce qu'il a donc ?

LE DIABLE, *à part.*

Elle est adorable. (*Haut.*) Blandine !

BLANDINE.

Qu'est-ce que tu veux ?

LE DIABLE.

Viens t'asseoir à côté de ton mari, de ton cher trésor.

BLANDINE.

A quoi bon ?

LE DIABLE.

Viens donc.

BLANDINE.

Je ne veux pas.

LE DIABLE.

Que tu es enfant ! (*Il l'attire de loin, elle marche et se trouve près de lui, presque contre sa volonté.*) Là ! c'est donc bien difficile ? N'est-ce pas que tu aimes bien ton petit mari ?

BLANDINE.

Il me rend si heureuse.

LE DIABLE.

Veux-tu qu'il change de conduite, tu n'as qu'à le lui dire... je ferai tout au monde pour te plaire, pour te voir un sourire comme aux premiers jours de notre mariage... tu te rappelles ?

BLANDINE.

Qu'ils sont loin ces jours-là !

LE DIABLE.

Ils reviendront.

BLANDINE.

Jamais.

LE DIABLE.

Ils reviendront, te dis-je... le plus grand bonheur est celui qu'on réveille dans le passé pour le faire revivre dans le présent.

BLANDINE, *à part.*

Il est vraiment fort aimable.

LE DIABLE.

A quoi songes-tu ?

BLANDINE.

Écoute, si tu veux que je te pardonne.

LE DIABLE.

Eh bien ?

DUO.

Air d'*Artus.*

A mes conditions
Tu vas d'abord souscrire,
Et contre mon empire,
Plus de rébellions.

LE DIABLE.

A tes conditions
Je suis prêt à souscrire,
Et contre ton empire,
Plus de rébellions.

BLANDINE.

Faire ma volonté,
C'est me prouver qu'on m'aime.

LE DIABLE.

Et la docilité
Fait mon bonheur suprême

BLANDINE.

Tu cesseras de boire à chaque instant du jour ?

LE DIABLE.

Oui, je cesse de boire et suis tout à l'amour.

BLANDINE.

Tu ne me battras pas ?

LE DIABLE.

Jamais, j'en fais la promesse.

BLANDINE.

Seule j'aurai le droit de te battre sans cesse.

LE DIABLE.

Plaît-il, me laisser battre ?

BLANDINE.

Oui, je tiens à cela.
Toi, pour preuve d'amour, fais-moi ce serment-là.

LE DIABLE.

Moi !

BLANDINE.

Toi !

(*Ici la musique est interrompue par quelques lignes de dialogue.*)

LE DIABLE.

Ce serment !... quand je l'aurai fait ; s'y j'allais y manquer par mégarde.

BLANDINE.

Alors, j'ai ma vengeance... vengeance de femme.

LE DIABLE.

Ah !... (*A part.*) Au fait, ça regarde Flammèche, je ne suis pas son mari, moi !

(*Reprise de la musique et fin du duo.*)

LE DIABLE.

Ah ! ah ! ah ! ah ! ah ! ah !
Je fais, oui-dà,
Ce serment-là.
Flammèche le tiendra,
Ou c'est lui qui paiera
Ah ! vraiment !
C'est charmant !
Oui, j'en fais le serment,
Ah ! ah ! ah ! ah ! ah ! ah !
Ah ! ah ! ah ! ah ! ah ! ah !
Son mari le tiendra,
Ou c'est lui qui paiera.

BLANDINE.

Fais-moi cette promesse,
Je veux, oui-dà,
Ce serment-là.
Pour preuve de tendresse,
Oui, je tiens à cela,
Ce serment,
A l'instant,
Je le veux à l'instant.
Ta femme te battra
Tant qu'elle le voudra,
Ce serment, tu l'tiendras,
Ou bien tu m'le paieras.

LE DIABLE.

Tout ce que tu voudras, je te le jure !

BLANDINE.

A la bonne heure !

LE DIABLE.

Oh ! elle est ravissante. (*Il lui passe la main sur le cou, elle jette un cri.*) Qu'as-tu donc ?

BLANDINE.

Tu m'as griffée.

LE DIABLE, *à part.*

Maudits ongles ! je n'ai pas pensé à faire patte de velours.

BLANDINE.

Faut-il qu'il soit méchant, cet être là !... il vous parle avec douceur, et au moment où vous allez ajouter foi à ses belles paroles, il vous arrache la peau.

LE DIABLE.

Je ne l'ai pas fait exprès.

BLANDINE.

C'est indigne... se jouer de moi.

LE DIABLE.

Je t'assure...

BLANDINE.

Laisse-moi tranquille. (*Elle s'éloigne.*)

LE DIABLE.

Je te tiens.

BLANDINE. *Elle lui donne un soufflet.*

Attrape!

LE DIABLE.

Sacrebleu!

(*A ce moment les vêtements de Blandine disparaissent pour faire place à une toilette plus brillante. La cabane se transforme en un superbe Casino, garni de fleurs et de meubles très-élégants. Le diable s'enfonce sous la terre, et à mesure qu'il disparaît, on voit remonter Pierre couvert d'habits superbes.*)

REPRISE DU MOTIF DU DUO PRÉCÉDENT.

ENSEMBLE.

PIERRE.

Ah! ah! ah! ah! ah! ah!
Satan s'en va,
Satan s'en va!
Et c'est lui seul, oui-dà,
C'est lui seul qui paiera.
Ah! ah! ah! ah! ah! ah!
Oui, le diable paira!

BLANDINE.

Ciel! malgré moi je tremble;
Qu'est-c' que tout ça?
Qui me l'dira?
En c' moment il me semble
Que mon mari s'en va;
Mais en même temps voilà,
Voilà qu'il rentre là.

SCÈNE VI.

PIERRE, BLANDINE.

BLANDINE.

Qu'est-ce que cela signifie?

PIERRE.

Cela signifie que je suis le plus heureux des hommes... que tu es la femme la plus précieuse que je connaisse... et que je t'adore pour ton mauvais caractère... à nous tout cela... et c'est à toi que je le dois; ta méchanceté me rapporte plus que toutes les qualités possibles.

BLANDINE.

Si j'y comprends un mot...

PIERRE.

Quoi! tu ne comprends pas... Au fait, tu ne peux pas comprendre que j'avais fait un marché avec le diable... que je l'avais défié de rester avec toi pendant un quart d'heure sans se disputer... vois si je te connais bien... votre entretien n'a pas duré dix minutes... Avais-je tort quand je m'écriais : le diable n'y tiendrait pas!... Il n'y a pas tenu, le malheureux!

BLANDINE.

Cette aventure me corrigera.

PIERRE.

Au contraire... ne t'avise pas de devenir douce et bonne... je m'y oppose... tu perdrais trop de ton prix... Sais-tu que nous sommes très-bien ici... c'est frais, c'est joli... Décidément, monsieur Satan n'est plus aussi noir qu'on veut bien le dire.

BLANDINE.

Et moi qui l'ai souffleté!

PIERRE, *avec satisfaction.*

Viens, que j'embrasse ta menotte, ô cher ange de douceur... non, de méchanceté... tendre vipère de mon âme, je ne te changerais pas pour la meilleure femme du monde... O Mahomet, tu m'as donné pour épouse, la créature la plus acariâtre qui soit sortie de tes mains. Je n'ai pas eu avec elle une heure de repos et de tranquillité... notre vie a été une guerre continuelle, notre maison un véritable champ clos où ne manquaient ni les cris ni les menaces, ni les soufflets... elle a contrarié tous mes goûts... elle n'a pas été une seule fois de mon avis... elle m'a donné cent taloches, que je lui ai rendues avec usure, pour n'avoir rien à elle... Je te remercie de tant de grâces, Mahomet, je t'en remercie à deux genoux.

BLANDINE.

Ah! voici les suivantes d'Armide.

PIERRE.

Le diable est un homme de parole... Holà! tout le monde ici!... je dois avoir des gens.

SCÈNE VII.

LES MÊMES, DRAGONNE, sous le nom de TÉNÉBREUSE, GARDES, FEMMES, VALETS ETC., puis LE DIABLE, et MÉLUSINE sous les traits d'ARMIDE.

CHOEUR.

Air d'*Artus.*

Dans ce charmant séjour,
Félicité parfaite.
C'est l'heureuse retraite
Des jeux et de l'amour.

DRAGONNE, *à Flammèche.*

Attends ici la belle Armide,
Sa présence est une faveur,
Le plaisir toujours est son guide,
Elle vient te porter bonheur.

REPRISE.

Dans ce charmant séjour, etc.

(*Mélusine richement vêtue, entre en s'appuyant sur l'épaule du diable habillé en magicien.*)

PIERRE.

Daignerez-vous, madame, vous reposer dans mon modeste établissement?

MÉLUSINE.

Je suis venue dans cette intention.

LE DIABLE, *regardant autour de lui.*

Oh! oh! il y a du nouveau ici.

PIERRE.

En effet, cette maison est magnifique et de l'aspect le plus riant.

PIERRE.

J'y ai placé toutes mes petites économies... ou plutôt celles de ma femme... Elle est si bonne! elle m'a jeté son argent à la figure.

LE DIABLE, *à part.*

Il est joli son argent.

MÉLUSINE, *à ses femmes.*

Précédez-moi au bain.

LE DIABLE, *aux gardes.*

Veillez avec soin à ce qu'aucun homme ne s'approche à portée des yeux... et amenez-moi ceux qui seraient assez indiscrets pour chercher à voir ce qu'ils ne doivent pas voir.

PIERRE, *à sa femme.*

Ah! Blandinette chérie!...

BLANDINE, *lui donnant une tape violente sur les mains.*

A bas les mains!

PIERRE.

Très-bien! va toujours! si tu te corrigeais, je serais ruiné.

(*La suite de Mélusine s'éloigne.*)

SCÈNE VIII.

LE DIABLE, MÉLUSINE, DRAGONNE.

MÉLUSINE.

Eh bien! mon cher maître!

LE DIABLE.

Eh bien! chère Mélusine, notre ennemi a été jusqu'à présent plus fort que nous, mais j'espère que tu vas reprendre une revanche éclatante.

MÉLUSINE.

J'y compte bien!

DRAGONNE.

Et moi aussi... ce monstre de Cauari qui ne peut parvenir à être infidèle.

LE DIABLE.

Ecoutez : le vieux de la montagne avec qui je suis en relations d'affaires, m'a fait cadeau d'un philtre qui fait aimer ; nous nous en servirons pour exalter, fanatiser Gérard.

DRAGONNE.

Et vous m'en garderez un grand verre pour Canari, il en a bon besoin.

LE DIABLE.

Je le veux bien... (*On entend des cris de femmes.*) Ces cris, ils annoncent l'arrivée de nos naufragés.

(*Des femmes en peignoir accourent de différents côtés.*)

SCÈNE IX.

LES MÊMES, BELPHÉGOR, GÉRARD, ET CANARI *aux mains des valets*, LES FEMMES.

BELPHÉGOR.

Ces deux hommes ont été arrêtés près de la salle du bain, et à l'instant même... où ces dames...

LE DIABLE.

Qu'on les jette à l'eau !

CANARI, *s'avançant.*

Nous sortons d'en prendre.

LE DIABLE.

C'est juste... alors qu'on ne les jette pas à l'eau, qu'on les étrangle ; le cordon !...

CANARI.

S'il vous plaît !...

MÉLUSINE.

Arrêtez !

GÉRARD.

Ah ! madame, vous êtes belle, vous devez être compatissante; souffrirez-vous qu'on sacrifie deux malheureux qui pendant longtemps ont disputé leurs jours aux flots de la mer : était-ce donc pour trouver un trépas plus affreux ?...

LE DIABLE.

Ne l'écoutez pas !... vous êtes coupables, vos regards indiscrets...

CANARI.

Permettez... nous ne savions pas qu'il était défendu de regarder les femmes des autres... c'est si peu dans les habitudes de notre pays...

LE DIABLE.

Les étoiles de l'Orient !

CANARI.

Des étoiles en plein midi !

GÉRARD.

Qu'ordonnez-vous, madame.

MÉLUSINE.

Ton malheur me touche, je te fais grâce et tu es sous la protection d'Armide.

GÉRARD, *avec effroi.*

Armide ! la célèbre magicienne dont le pouvoir redouté...

MÉLUSINE.

Oh ! ne crains rien ; ce pouvoir, je ne veux m'en servir que pour te faire oublier tes infortunes... suis-moi dans mes jardins enchantés, et vous Ismaël faites préparer le festin.

CANARI.

Le festin... ça me va...

DRAGONNE, *lui prenant le bras.*

Venez-vous...

CANARI.

Tout de suite, mademoiselle...

DRAGONNE.

Ténébreuse.

CANARI.

Ténébreuse... jour de lumière !

MÉLUSINE.

Chevalier, votre main.

GÉRARD.

La voici.

DRAGONNE.

Votre bras, bel écuyer.

CANARI.

Le voilà.

GÉRARD, *à part.*

Armide !... Qu'ai-je à craindre ? Bertha est toujours avec moi.

CANARI.

Ténébreuse ! Ça n'est pas clair pour Guillerette.

REPRISE DU CHOEUR.

Dans ce charmant séjour.

(SORTIE. — *Le diable est resté; Flammèche et Blandine, qui sont rentrés, lui font de grandes révérences.*)

LE DIABLE.

Je les tiens encore une fois. A propos, j'oubliais... j'ai un compte à régler avec ceux-ci... A vous cette bourse. (*Il jette une bourse à terre.*)

PIERRE, *à Blandine qui prend la bourse.*

Mon argent !

BLANDINE.

Il est à moi.

PIERRE.

Blandine, ma toute bonne, je vous déclare que cette bourse m'appartient.

BLANDINE.

Pierre, trésor de mon cœur, je ne saurais te la rendre.

PIERRE.

Ame de ma vie, je vais être obligé de te corriger.

BLANDINE.

Mon ange, je vais te sauter à la figure.

PIERRE.

Rends-moi la bourse ou je te rends au diable.

LE DIABLE, *jetant au loin sa robe et sa coiffure de magicien.*

Me voici ; elle est encore à moi.

BLANDINE.

O ciel !... mon mari, mon cher mari... voici la bourse ; gardez-moi, défendez-moi !

PIERRE.

Ma foi ! non !

LE DIABLE.

Alors, je l'emporte.

PIERRE.

Bon voyage !

BLANDINE.

Pierre !... mon bon Pierre.

LE DIABLE.

D'autant plus qu'elle a un petit air qui m'émoustille !

PIERRE.

Ma femme émoustille le diable!... un instant, j'aime mieux la garder.

LE DIABLE.

Tu es bien décidé !

PIERRE.

Très-décidé !

LE DIABLE.

J'y consens, garde-la donc ! mais je te reprends tout ce que je t'ai donné.

PIERRE.

Plaît-il ? (*Le palais redevient cabane. — Pierre et sa femme se retrouvent en habits pauvres.*) Ma fortune qui s'en va !

BLANDINE.

Mais ta femme te reste.

PIERRE.

C'est trop chère !

BLANDINE.

Ah ! tu te plains... Tiens, voilà pour toi. (*Elle le soufflette.*)

PIERRE.

Sacrebleu !

LE DIABLE.

Allons donc ! j'ai ma revanche ! j'ai beau partir, je laisse le diable dans ton ménage !

(*Il disparaît. Pierre se sauve d'un autre côté devant sa femme qui l'accable de soufflets.*)

(*Reprise crescendo du motif chanté par le diable et Blandine. — Le décor change à vue.*)

SCÈNE X.

Avant la fin de ce chœur, Gérard est entré vivement en scène. suivi de Canari qui a un grand verre à la main.)

Chœur du Lac des Fées.

(*Sur cette Prairie.*)

Dans cette retraite,
Éternelle fête!
Chacun va chantant,
L'amour inconstant
Qui descend sur terre,
D'une aile légère,
Et vient tout joyeux
Régner en ces lieux.

(*Avant la fin de ce chœur. Gérard est entré vivement en scène, suivi de Canari qui a un grand verre à la main.*)

CANARI.

Qu'avez-vous donc, mon cher maître? pourquoi vous échapper si vite et comme un fou de la salle du festin?

GÉRARD.

Pourquoi? Malheureux, ne comprends-tu rien? ne vois-tu pas que l'enfer est toujours conjuré contre nous?

CANARI.

L'enfer! en jupons si courts... et si... transparents... je me croyais dans le paradis... celui de Mahomet!

GÉRARD.

Et ces chants, cette fête, ces parfums, ce breuvage inconnu...

CANARI.

Il gagne à se faire connaître! Un vrai nectar.

GÉRARD.

Depuis qu'Armide m'a présenté cette coupe, et que j'ai eu l'imprudence de l'approcher de mes lèvres, il me semble que je perds à la fois et la raison et la mémoire.

CANARI.

Et moi, depuis que la belle Ténébreuse m'en a offert, ce petit verre que j'ai savouré sans en répandre une seule goutte, je me reconnais, je me retrouve... je suis redevenu moi-même. Aussi, pardonnez-moi, monseigneur, si je vous quitte pour rejoindre Ténébreuse ou Dragonne, ou Agnès, car elles se ressemblent... le nom n'y fait rien...

LA VOIX DE DRAGONNE, *dans la coulisse.*

Canari!... Canari!...

CANARI.

Oh! c'est sa voix.

DRAGONNE, *au dehors.*

Canari!

CANARI.

Me voilà, ma Dragonnette, me voilà! (*Il court du côté où la voix s'est fait entendre. — Une vieille diablesse qui l'a poursuivi dans le ballet du deuxième acte, se représente à lui en costume grotesque de vieille houri. — Il pousse un cri de terreur.*) Ah! ce n'est pas Dragonne... c'est Gorgone! la vieille diablesse! horreur! (*Il se sauve, elle le poursuit. — De l'autre côté sur le premier plan, entre Armide qui marche vers Gérard. — L'orchestre a repris en sourdine l'air du Lac des Fées.*)

SCÈNE XI.

GERARD, MELUSINE.

GÉRARD.

Armide!... c'est elle... qu'éprouvé-je donc, grand Dieu! je voudrais et je ne puis la fuir... ma pensée ne m'appartient plus... et je subis une volonté plus forte que la mienne... c'est de la fascination, c'est du délire... je suis fou... oui, je suis fou! (*Malgré lui il marche vers Mélusine.*)

MÉLUSINE, *à part.*

Enfin... il est ému!... il a oublié celle qu'il aime... quelques douces paroles vont achever mon ouvrage, et Gérard tombe mort à mes pieds, et son âme appartient à l'enfer! (*Elle lui fait signe de venir s'asseoir sur un banc de gazon et de fleurs. — Accompagnements de harpe pendant les vers.*)

MÉLUSINE.

Viens : n'éprouves-tu pas un ravissant délire!
Quel charme à mes yeux même embellit ce séjour!
Ne sens-tu pas ton cœur ému comme une lyre
Qu'un souffle harmonieux caresse avec amour.

(*Gérard va s'asseoir auprès de Mélusine qui se met sur un coussin à ses pieds.*)

O fils du froid Danube, enfant d'un pays sombre,
Vois ce ciel d'orient que n'altère aucune ombre;
Epanouis ton être à sa lumière d'or.
Le désir s'y rallume à peine éteint dans l'âme;
Phénix que le soleil enflamme,
Il renaît de sa cendre et reprend son essor.
Mêlant sa douce haleine à l'air que l'on respire,
L'éternelle jeunesse habitant mon empire,
Conserve en leur fraîcheur les jours que je chéris.
Aux pas flétris du Temps mes portes sont fermées,
Et sur ces rives parfumées
On voit de Mahomet descendre les houris.

(*Les suivantes de Mélusine entrent de divers côtés; elle se lève et poursuit:*

Va, ne crains point chez moi l'aveugle jalousie,
Fille de vos climats inconnue à l'Asie;
Tout concourt aux plaisirs de mon heureux vainqueur,
Mille et mille beautés s'efforcent de lui plaire;
Il est le maître de la terre,
Comme il est sans rival le maître de mon cœur.

(*Toutes les femmes étendent les bras vers Gérard en lui jetant des fleurs.*)

Dans cet asile enfin, la volupté réside;
L'horizon s'y revêt d'une couleur splendide.
De si rares parfums, quel sol est embaumé?
Chaque arbuste y sourit : chaque oiseau, sous l'ombrage,
Dans son mélodieux langage,
Tout redit à la fois : aimez, soyez aimé.

(*Gérard qui a été vivement ému, porte les mains sur son cœur, où se trouve suspendu le portrait de Bertha.*

GÉRARD.

Madame, à tant d'attraits qui peut être rebelle?
Comme la volupté dans votre discours est belle?
Votre inspiration m'échauffant à mon tour.
Souffrez que je réponde en invoquant l'amour!

(*Nouvel accompagnement de harpe, plus vif et plus mouvementé que le premier.*

La terre, à mes sens qu'elle embrasse,
Offre des trésors de beauté;
Et vous me voyez en extase
Dans votre royaume enchanté.
Sous cette zone orientale
Où toute sa splendeur s'étale.
Dans ce terrestre paradis,
Notre âme éperdue et ravie
Croit retrouver dès cette vie,
L'Éden qu'elle a perdu jadis.

(*Il prend le portrait et le regarde sans que Mélusine s'aperçoive de ce mouvement.*)

Mais il est un charme suprême
Que la terre ne donne pas.
Charme dont la volupté même
Ne peut égaler les appas.
Il est une intime énergie
Plus forte encor que leur magie.
Plus éclatante que le jour,
C'est l'union toute divine
De deux cœurs tendres qu'illumine,
Le flambeau sacré de l'amour.

(*De plus en plus sûr de lui, il continue avec fermeté :*)

L'amour, l'amour est mon seul guide
C'est lui, mon maître et mon seigneur!
De sa puissance, ô belle Armide!
Je fais dépendre mon bonheur.
Dans ces jardins, malgré soi-même,
Vous l'avez dit : il faut qu'on aime.
Je cède à des transports si doux.
Oui, l'amour exalte mon âme;
Mais celle que j'aime, madame,
Pardonnez-moi... ce n'est pas vous.

MÉLUSINE.

Ce n'est pas moi?

GÉRARD.

Adieu, adieu, madame! (*Il sort après avoir fait une profonde salutation.*)

SCÈNE XII.

MÉLUSINE, DRAGONNE, puis CANARI.

DRAGONNE, *entrant du coté opposé.*

Canari!... Canari!... Il s'en va toujours... ou plutôt, c'est moi qui, par une force invincible, suis obligée de le suivre et de le laisser dans les mains de la vieille Gorgone, notre doyenne.

CANARI, *dans la coulisse.*

Laissez-moi, laissez-moi, madame!

LA VOIX DE GORGONNE.

Oh! tu ne m'échapperas pas!

CANARI, *entrant en scène en se sauvant devant elle.*

Laissez-moi, ne m'approchez pas! Je vous défends de m'approcher! (*Il se trouve entouré de toutes les houris, s'arrête et regarde autour de lui avec enthousiasme. Son front est ceint d'une couronne de roses. — Nouvel accompagnement de harpe.*)

Ciel! qu'ai-je vu? que de merveilles!
En ces lieux viennent à la fois
Frapper mes yeux et mes oreilles!

(*Il s'approche de l'orchestre pour entendre la clarinette.*)

Ce sont des houris que je vois!
Trouble charmant! bonheur suprême!
En ces jardins il faut qu'on aime.
Je cède à des transports si doux.
Mon cœur brûle d'immenses flammes.

(*Dragonne s'approche de lui.*)

Enfin, j'aime toutes les femmes...
Toutes, madame...

(*A Gorgone qui se substitue à Dragonne.*)

Excepté vous...

(*Il se sauve avec les signes de la plus profonde terreur.*)

SCÈNE XIII.

DRAGONNE, MÉLUSINE, puis L'AMOUR.

DRAGONNE.

Et lui aussi il nous échappe.

MÉLUSINE.

Toujours, toujours dédaignée!

L'AMOUR, *paraissant auprès d'elle.*

Toujours!

MÉLUSINE.

Ah! notre ennemi.

L'AMOUR, *souriant.*

Ennemi éternel et impitoyable.

Air du *nouveau Seigneur du Village.*

La guerre entre nous déclarée,
Et qui vous fait très-peu d'honneur,
Pour longtemps encore est jurée.
J'en attends la fin sans frayeur,
De ces jardins, il faut que l'on s'en aille,
Esprits follets, dissipez-vous dans l'air;
C'est à moi le champ de bataille,
L'Amour est plus fort que l'enfer.

(*A la fin du couplet, Armide, Dragonne et ses femmes s'éloignent malgré elles sur un geste de l'Amour. — Toutes les femmes dont elles étaient entourées s'envolent et forment dans les airs des groupes différents.*)

TABLEAU DES FEMMES VOLANTES.

(*Deux Houris restent suspendues à un narguilhé.*)

Reprise du chœur du Lac des Fées.

L'Amour nous exile;
Fuyons cet asile,
Séjour enchanté
De la volupté;
D'une aile légère,
Quittons cette terre.
Il le faut, partons,
Mais nous reviendrons.

Fin du troisième acte.

ACTE IV.

Une petite grotte, d'un ou deux plans au plus.

SCÈNE Ire.

L'AMOUR, seul.

Ma foi! je suis content de ma journée, j'ai arraché mon protégé aux séductions d'Armide... je suis allé jusqu'à Falkeinstem donner à Bertha des nouvelles de Gérard. Demain, je me remettrai avec eux en campagne pour les aider à surmonter de nouvelles épreuves... aujourd'hui je n'ai plus rien à faire... je vais me coucher. (*Il marche vers son lit de repos, puis s'arrêtant.*) Eh bien! quand arrive le soir, moi qui est fait le vœu de rester toujours sage, pour réparer toutes mes fautes d'autrefois, et qui maintenant passe mes journées à garder les amours des autres... je me retrouve seul, et... je me prends à porter envie à ceux que je protége.

Air d'*Artus.*

Oui, toujours seul! je l'ai voulu!
Parfois, hélas! je le regrette...
Jamais fille ou femme, en cachette,
Puisque j'ai fait vœu de vertu,
Le soir ne vient plus me distraire,
Et dans ce réduit solitaire
N'éveille plus, quel triste sort,
L'amour qui s'endort:
Oui, l'amour s'endort.

(*On frappe.*)

Qu'entens-je, quand je veux dormir,
Qui frappe? Est-ce quelque fillette
Qui me poursuit dans ma retraite,
Exprès pour me faire mentir?

(*On frappe de nouveau.*)

Encor! vraiment j'ai pitié d'elle...
Ah! partez, pauvre demoiselle
N'éveillez pas, vous auriez tort,
L'amour qui s'endort.

(*On frappe une troisième fois.*)

Ah! ma foi puisqu'elle y tient absolument, ouvrons.

SCÈNE II.

L'AMOUR, LE DIABLE.

LE DIABLE, *entrant.*

Bonsoir.

L'AMOUR.

Satan!

LE DIABLE.

Lui-même; tu ne m'attendais pas et cependant tu avais au cœur une petite pensée diabolique.

L'AMOUR, *à part.*

C'est vrai! (*Haut.*) Que me veux-tu? me tendre un piège?

LE DIABLE.

Du tout!... c'est un petit traité que je viens te proposer.

L'AMOUR.

Un traité de paix?

LE DIABLE.

Presque... je suis las de la guerre; ce n'est plus pour moi, qu'une affaire d'amour-propre, je ne demande qu'à en finir honorablement.

L'AMOUR.

Honorablement! ah!

LE DIABLE.

Voyons... je vais te parler avec franchise, et jouer avec toi cartes sur table: tu tiens à Gérard et moi aussi; tu mets trop d'acharnement à le défendre pour que je n'en mette pas autant à te le disputer; je ferai mieux, je te l'achèterai, si tu le veux.

L'AMOUR.

L'acheter?

LE DIABLE.

Ou cède-moi son âme, et je t'en donnerai mille autres à la place.

L'AMOUR.

Mille ! je les prendrai sans toi ; quant à Gérard, il ne t'appardiendra jamais, même quand je pourrais cesser de veiller sur lui.

LE DIABLE.

Ah ! tu crois... essais donc. (*A part.*) Il y vient.

L'AMOUR.

Sa bonne nature, sa constance...

LE DIABLE.

Essaie un peu, rien qu'un peu. (*A part.*) C'est un moyen tout comme un autre de le faire souscrire à mon traité.

L'AMOUR.

Tu m'en donnerais envie, ne fût-ce que pour faire subir un nouvel échec a ton orgueil ?

LE DIABLE.

Eh bien ! gageons que si tu m'abandonnes Gérard pour une seule, pour une dernière épreuve, il oubliera bien vite sa bonne nature, sa constance...

L'AMOUR.

Tu es fou !

LE DIABLE.

Tu as peur du pari !

L'AMOUR.

Non pas... car je sais bien qu'il est gagné à l'avance, et je te dis à mon tour : essaie.

LE DIABLE.

Mais tu ne te mêleras en rien de cette nouvelle lutte ?

L'AMOUR.

Accordé.

LE DIABLE.

Dans le cas contraire...

L'AMOUR.

Oh ! sois tranquille, ça n'arrivera pas.

LE DIABLE.

Enfin, je le suppose...

L'AMOUR.

Alors...

LE DIABLE.

Alors, tu perds la gageure.

Air de Joconde.

Et ce Gérard qui me brave,
Grâce à toi, mon cher Amour,
Enfin devient mon esclave.

L'AMOUR.

J'y consens pour un seul jour.

LE DIABLE.

Un jour bien vite s'envole.

L'AMOUR.

Pour toi, démon tentateur,
C'est trop...

LE DIABLE.

Soit, j'ai ta parole,
Dette de jeu, dette d'honneur.

ENSEMBLE.

LE DIABLE.

Je compte sur ta parole,
Dette de jeu, dette d'honneur.

L'AMOUR.

Je te donne ma parole,
Dette de jeu, dette d'honneur.

LE DIABLE.

Allons ! va pour un jour. (*Il lui tend la main ; l'Amour retire la sienne.*) Au revoir, Cupidon !

L'AMOUR.

Eh ! dis donc, Satan, j'ai donné l'enjeu de la gageure... mais toi, si tu la perds.

LE DIABLE.

Moi ! si je la perds... eh bien ! je cesserai de te disputer Gérard.

L'AMOUR.

Ce n'est pas assez.

LE DIABLE, *s'en allant toujours.*

Alors, tout ce que tu voudras.

L'AMOUR.

Il te faut un châtiment terrible, exemplaire.

LE DIABLE.

Quoi donc ?

L'AMOUR.

Tu retourneras auprès de ta femme.

LE DIABLE.

Auprès de ma femme !

L'AMOUR.

Tu seras condamné à la reprendre et à vivre toujours avec elle.

LE DIABLE.

Toujours avec elle ! je ne veux pas ! je ne veux pas !

Air précédent.

C'est ainsi que je dispose,
Si tu perds, de ton destin.

LE DIABLE.

Jamais ! je cherche autre chose...

L'AMOUR.

Non pas, tu cherches en vain.

LE DIABLE.

Proserpine est détestable ;
La revoir me fait horreur !

L'AMOUR.

Désolé, mon pauvre diable,
Dette de jeu, dette d'honneur.

ENSEMBLE.

A ton tour, mon pauvre diable,
Dette de jeu, dette d'honneur.

LE DIABLE.

Tu peux compter sur le diable,
Dette de jeu, dette d'honneur.

(*A la fin du morceau le diable sort.*)

L'AMOUR.

Ah ! j'espère que maintenant on ne viendra plus troubler mon sommeil. (*Il s'endort en fredonnant les derniers vers du couplet de la première scène.*)

L'Amour s'endort

(*Le coquillage dans lequel l'Amour s'est couché, disparaît. — Changement à vue. — Le palais de la Fortune, palais magnifique, étincelant d'or, de bijoux, de diamants.*)

SCÈNE III.

GÉRARD, CANARI, BELPHÉGOR.

Ils entrent conduits par Belphégor, dont le costume est en rapport avec la richesse de la décoration.

GÉRARD.

Où nous conduisez-vous, mon ami ?

CANARI.

Tiens... voilà une jolie petite maison !... Est-elle à vendre ?...

BELPHÉGOR.

Non !

CANARI.

A louer... sans augmentation ?

GÉRARD.

Je vous avais demandé seulement la route du Falkeinstein, et je vois...

BELPHÉGOR.

Pardon... je me suis permis de vous faire faire une petite halte dans ce magnifique séjour ; mais avant une heure, vous serez arrivé.

GÉRARD.

Quel est donc ce palais ?

BELPHÉGOR.

Celui de la Fortune.

GÉRARD.

La Fortune !...

BELPHÉGOR.

Ne désirez-vous pas lui faire un peu la cour ?

CANARI.

A la Fortune... mais oui! Est-ce que vous êtes employé auprès d'elle?

BELPHÉGOR.

Je suis son groom...

CANARI.

Une jolie condition que vous avez là... Il est un peu bien mis.

BELPHÉGOR.

Et voici sa première demoiselle d'honneur...

CANARI.

Encore une demoiselle d'honneur... ça rentre dans ma spécialité. Tiens! il me semble que j'ai vu ça quelque part.

SCÈNE IV.

LES MÊMES, DRAGONNE, *costume de fantaisie très-riche, représentant une suivante de la Fortune.*

DRAGONNE, *à Gérard.*

Jeune et bel étranger...

CANARI, *s'inclinant.*

Merci!

DRAGONNE.

Je précède ma maîtresse qui ne va pas tarder à paraître.

CANARI.

On dit qu'elle est un peu capricieuse, votre maîtresse.

DRAGONNE.

Elle est femme.

BELPHÉGOR.

Ah! si elle pouvait avoir pour moi un petit caprice...

GÉRARD.

Voyons, Canari, ne nous arrêtons pas.

BELPHÉGOR.

Ne voulez-vous pas attendre la Fortune, et la saisir au passage?

GÉRARD.

A quoi bon?

DRAGONNE.

A quoi bon? vous êtes bien dédaigneux, bel étranger!

Air de *Paris à cinq heures du matin.*

Vive la Fortune!
La blonde et la brune,
D'une ardeur commune,
Courent après nous.
Toujours dans ce monde,
Les biens dont abonde
Notre main féconde,
Font mille jaloux.

Venez bien vite,
Je vous invite,
Faites visite
A ce beau château.
Partout, sans cesse,
A la richesse,
L'humaine espèce
Ote son chapeau.

Dans les jeux, les fêtes,
Nous tournons les têtes:
A nous les conquêtes
Bien plus qu'à l'amour!
Nul ne nous résiste,
L'homme le plus triste,
Qu'en passant j'assiste,
S'égaie en un jour.

Je verse à table
Vin délectable
Au groupe aimable
Des beautés du temps.
On boit, on aime,
Plaisir extrême,
De l'hiver même
Je fais un printemps.

Pour calmer la rage
D'un mari sauvage,
Que sa femme outrage,
Je donne un trésor.
Quand on sollicite
Un grand qui s'irrite,
J'apporte bien vite,
J'apporte de l'or.

De la noblesse,
Souvent j'abaisse
L'orgueil qui blesse
Les humbles bourgeois.
Le gentilhomme
Que l'on renomme
Dans le royaume,
Prend femme à mon choix.

Je donne à la veuve
Une robe neuve,
Pour finir l'épreuve
De son long tourment.
A la vieille dame
Qui sent dans son âme
Un reste de flamme,
Je donne un amant.

Pouvoir étrange,
Sans cesse il change,
Range et dérange
Tout le genre humain.
Mais l'homme sage
Prend au passage
Mon cœur volage;
Point de lendemain.

Vive la Fortune! etc.

(*Pendant qu'elle reprend ce dernier refrain, entrent en scène le diable sous les traits de Plutus, Mélusine avec le costume de la Fortune, et les huit diablesses représentant ses suivantes, avec des costumes dans le genre de Dragonne. — Tous les personnages reprennent en chœur en même temps que Dragonne:*)

Vive la Fortune,
La blonde et la brune, etc.

SCÈNE III.

LES MÊMES, LE DIABLE, MÉLUSINE, ET SES SUIVANTES.

LE DIABLE.

Sois le bien-venu dans le palais de Plutus et de la Fortune, mon jeune gentilhomme, as-tu quelque grâce à nous demander?

GÉRARD.

Aucune.

MÉLUSINE.

Vous avez tort, chevalier Gérard.

CANARI.

Tiens! madame la Fortune qui sait son nom.

DRAGONNE.

Comme je sais le tien, Canari.

CANARI.

Bah! je suis aussi répandu que ça dans le monde.

GÉRARD, *à Mélusine, qui lui parle bas.*

Je vous rends grâce, madame, nous ne désirons rien.

CANARI.

Rien... Permettez... Parler pous vous, monseigneur.

MÉLUSINE.

Je suis pourtant de tes amies.

DRAGONNE, *à Canari.*

Je te veux du bien, camarade.

CANARI.

C'est bien gentil à vous... décidément j'ai vu ça quelque part.

MÉLUSINE.

Vois tous ces trésors amoncelés dans cette demeure... contemple ces bijoux, ces diamants... il y a de quoi payer tout un monde...

LE DIABLE.

L'or pour lequel on se parjure, pour lequel on se damne... les pierreries pour lesquelles se vend... tout cela peut-être à toi si tu le veux.

L'AMOUR, *paraissant près du Diable, et lui touchant légèrement l'épaule.*

Tu le vois bien, il est fort... il n'a pas besoin de moi. (*Il disparaît.*)

LE DIABLE.

Nous verrons.

MÉLUSINE, *à Gérard.*

Si nos offres ne peuvent te séduire, tu ne refuseras pas au moins de visiter notre demeure?

GÉRARD.

Que ce soit donc sur-le-champ... J'ai hâte de continuer ma route.

MÉLUSINE.

Ah! je me flatte encore de le retenir.

LE DIABLE, *à Mélusine.*

L'Amour est ici.

MÉLUSINE.

Je l'ai vu...

LE DIABLE.

Que je parvienne à le faire manquer à sa promesse, et Gérard est perdu.

MÉLUSINE.

Je l'espère.

CHOEUR *de l'Ambassadrice*

La Fortune t'invite,
Tu ne pourras jamais
Après cette visite,
Oublier son palais.

(*SORTIE.*)

SCÈNE IV.

CANARI, DRAGONNE, BELPHÉGOR.

(*Canari, pendant la fin de la scène précédente, a vainement essayé de se rapprocher de son maître. — Belphégor et Dragonne l'en ont empêché. Il veut s'échapper de leurs mains.*)

BELPHÉGOR.

Où vas-tu?

CANARI.

Comme mon maître, visiter le palais.

DRAGONNE.

Reste, je le veux... je t'en prie, et dis-moi d'abord quel est ta fortune à toi?

CANARI.

Ma fortune à moi?... dame! c'est ma personne...

BELPHÉGOR.

Et tu n'as pas d'autre dot pour entrer en ménage?

CANARI.

Guillerette, une fille que j'aime, s'en contente...

BELPHÉGOR.

Elle n'a pas d'ambition, la pauvre enfant...

CANARI.

Elle a celle de me plaire.

DRAGONNE.

Mais à ces brillantes qualités, si tu pouvais joindre quelque chose de solide... (*Elle fait signe de compter de l'argent.*)

CANARI.

Le moyen d'attraper ça?

DRAGONNE.

Le moyen? dans ce palais... le jeu peut t'enrichir.

CANARI.

Le jeu!... mon maître, je ne dis pas, c'est sa grande tocade... mais moi...

DRAGONNE.

Toi?

CANARI.

Ce n'est pas la mienne; d'abord je ne sais jouer à rien du tout.

BELPHÉGOR.

Pas même à la main chaude?

DRAGONNE.

Ni au pied de bœuf.

CANARI.

Oh! si fait! je suis d'une très-belle force au pied de bœuf. Ah! monsieur, vous voyez là un joli joueur de pied de bœuf!

BELPHÉGOR.

Eh bien, quel est ton enjeu?

CANARI.

Rien!... je n'ai absolument rien... je porte sur moi tout ce que je possède.

BELPHÉGOR.

Je te le joue.

CANARI.

Comment!

BELPHÉGOR.

Tes habits contre les miens.

CANARI.

Mes habits... au fait! les siens sont dorés sur tranche.

BELPHÉGOR, *mettant un genou en terre.*

Commençons; au pourpoint d'abord!

CANARI.

Au pourpoint!... Une.

BELPHÉGOR.

Deux.

(*Belphégor embrasse Dragonne qui s'est placé à côté de lui, ce qui cause des distractions à Canari.*)

CANARI.

Trois... N'embrassez pas, jeune homme.

BELPHÉGOR.

Quatre.

CANARI.

Cinq.

BELPHÉGOR.

Six.

CANARI.

Sept.

BELPHÉGOR.

Huit.

CANARI.

N'embrassez pas! Neuf, je tiens mon pied de...

DRAGONNE.

Trop tard, tu as perdu.

CANARI.

Il a triché!

DRAGONNE.

Du tout... c'est toi qui a mal joué, beau blond...

(*Le pourpoint de Canari s'envole dans les frises.*)

CANARI.

Mais dites donc, vous me dépouillez tout de suite, en détail.

BELPHÉGOR.

Cette poignée d'or en surplus pour...

CANARI.

Pour...

BELPHÉGOR.

Pour ton... indispensable.

CANARI.

Ah! j'appelle ça ma culotte, tout bonnement, comme le roi Dagobert.

BELPHÉGOR.

Je te la joue.

CANARI.

Ah! permettez...

BELPHÉGOR.

Je triple, je quadruple ma mise. (*Il montre beaucoup d'argent.*)

CANARI.

Avec votre mise, il me semble que vous en voulez un peu trop à la mienne...

DRAGONNE.

J'y ajoute ces diamants!

CANARI.

Ah! ma foi... tant pis... je me risque.

BELPHÉGOR.

Une!

CANARI.

Deux!

BELPHÉGOR.

Trois!

CANARI.

Quatre! (*Il essaie d'embrasser Dragonne qui s'est placée cette fois à côté de lui.*)

BELPHÉGOR.

A ton tour voilà que tu embrasses... cinq!

CANARI.

C'est-à-dire j'essaie comme toujours; six!

BELPHÉGOR.

Sept!

CANARI, *qui se détourne pour essayer d'embrasser Dragonne.*

Huit!

BELPHÉGOR, *lui saisissant la main.*

Neuf! je tiens mon pied de bœuf.

CANARI.

Pristi! j'ai perdu! (*Il regarde sa culotte et la retient.*) Je demande vingt-cinq jours pour payer mes dettes. (*Le haut de chausse descend par une trappe anglaise. Canari en caleçon pousse un grand cri et se sauve en chantant.*)

Ma culotte, (*bis.*)
Elle s'en va, saperlotte!
Ell' s'en va,
Qui m' la rendra.

(*Belphégor et Dragonne sortent avec Canari en riant et en répétant son refrain.*)

SCÈNE VII.

LES PRÉCÉDENTS, LE DIABLE, GÉRARD, MÉLUSINE
ET SES SUIVANTES.

LE DIABLE.

Désolé, mon gentilhomme; mais quand on a mis le pied dans le temple de la Fortune on n'en sort plus?

GÉRARD.

Comment, on n'en sort plus?

LE DIABLE.

On n'en sort plus sans avoir joué une partie...

GÉRARD.

Jouer?

LE DIABLE.

Oui, le jeu, la plus impérieuse de toutes les passions... Oh! je te connais bien, Gérard, et tu n'es pas homme à refuser mon défi.

MÉLUSINE.

Et vous pouvez l'accepter sans crainte sous le bon plaisir de la Fortune.

GÉRARD.

Je serais indigne de vos faveurs, si elles pouvaient me faire oublier un instant le motif de mon voyage... Jouer! non je n'ai plus au cœur qu'une seule passion; mon amour, dont rien ne peut me distraire.

LE DIABLE.

Insensé, qui crois vaincre à ce point ta nature! songes-y donc... quoi! tu reculerais devant cette lutte de l'homme contre le sort... Le sort! génie invisible qu'il faut poursuivre sans cesse, jusqu'à ce que, fatigué à son tour, il abandonne la victoire... lutte irrésistible, pleine de charmes... péril qu'il faut aborder le visage calme, impassible, auquel il faut sourire... Jouer, c'est vivre... jouer, c'est combattre... jouer, c'est passer vingt fois en une heure de l'enfer dans le ciel!

GÉRARD.

Oh! taisez-vous! taisez-vous... je ne veux pas, je ne dois pas vous entendre... Bertha... (*Il tire le portrait de son sein.*)

LE DIABLE.

Bertha! eh bien! c'est pour elle, c'est pour elle seule que je t'arrête ici.

GÉRARD.

Pour elle!

LE DIABLE.

Sais-tu qu'en ce moment la misère l'a chassée du vieux manoir de Falkenstein. Sais-tu que, pauvre et sans asile, elle est à la veille de tendre la main sur la route.

GÉRARD.

Qu'avez-vous dit?

MÉLUSINE.

Va, Gérard, rejoindre ta fiancée; tu n'as seulement pas une aumône à lui faire...

GÉRARD.

Juste ciel! est-ce vrai?

MÉLUSINE.

Qu'importe après tout son malheur... Je suis trop bonne de vouloir t'enrichir pour la sauver... Va-t'en, va-t'en!

LE DIABLE.

Non, reste... et songes-y bien; tu peux à ton choix faire de Bertha une reine ou une mendiante.

GÉRARD.

Mais je ne possède rien...

MÉLUSINE.

Ce médaillon...

GÉRARD.

Jamais!

LE DIABLE.

Vaut-il plus que tous ces trésors?

GÉRARD.

C'est le portrait de Bertha!

LE DIABLE.

N'est-ce pas pour elle que tu joues?...

GÉRARD.

Pour elle, oui, pour la sauver, une partie!

LE DIABLE.

A moi les cartes!

(*Les cartes animées entrent aussitôt.*)

SCÈNE VIII.

LES PRÉCÉDENTS, LES CARTES.

Chœur général des Cartes.

Ah! ah! voilà! voilà qu'à l'instant!
Voilà! voilà! qu'à l'instant!
Pour cette partie,
Nous venons gaîment,
Nous accourons tous,
Et plaisir et folie
Arrivent avec nous.

(*Les cartes défilent deux par deux, puis quatre par quatre au pas militaire, chaque carte à côté de la carte qui lui correspond dans le jeu. — Elles se rangent ensuite sur une seule ligne des deux côtés de la scène et dans le fond; les as ont des bannières.*)

GÉRARD.

Les cartes! eh bien! bataille!

LE DIABLE, *et tous les autres personnages.*

Bataille!

CHŒUR DES CARTES.

Bataille,
Bataille,
Pour nous combattre, nous voilà,
Bataille,
Bataille,
Lequel vaincra?

MÉLUSINE.

Allons, les cartes, mêlez-vous.

CHOEUR.

Air:

Mêlons-nous! *bis.*
Pour en venir aux coups!
Mêlons-nous!
Satan nous l'ordonne!
Oui, lui-même en personne,
Il nous appelle tous,
Bien vite à sa voix mêlons-nous.

GÉRARD.

Je sauverai Bertha.

LE DIABLE.

Tous mes démons sont là.

GÉRARD.

Le ciel m'inspirera,

LE DIABLE.

L'enfer triomphera.

REPRISE DU CHOEUR.

(*Les cartes, après plusieurs évolutions, se placent sur deux lignes, en tournant le dos au public.*)

LE DIABLE, *à Gérard après le chœur.*

Choisis, à toi l'honneur !

GÉRARD

Je prends celles-ci !.

LE DIABLE.

A moi celles-là !

(Les cartes se rangent en deux parts.)

(Mélusine se retire sur un signe du diable, avec Dragonne. — La partie s'engage. Chaque carte qui se retourne est nommée à mesure par les deux joueurs. La partie a lieu d'après la désignation suivante :

GÉRARD.

Sept de trèfle.

LE DIABLE.

Neuf de pique.

GÉRARD.

Sept de cœur.

LE DIABLE.

Huit de trèfle.

GÉRARD.

Huit de pique.

LE DIABLE.

Dix de trèfle.

GÉRARD.

Sept de carreau.

LE DIABLE.

Neuf de cœur.

GÉRARD.

Sept de pique.

LE DIABLE.

As de carreau.

GÉRARD.

Roi de cœur.

LE DIABLE.

Roi de carreau.

TOUS LES PERSONNAGES, *ensemble.*

Bataille !

Bataille,
A force égale, les voilà !
Bataille,
Bataille,
Lequel vaincra ?

GÉRARD.

Neuf de carreau !

LE DIABLE.

Dix de cœur.

(Jusque là, toutes les cartes à mesure que le jeu s'est fait ont passé du côté du diable.)

GÉRARD.

O destinée maudite ! pas une carte pour moi !...

LE DIABLE.

Pas une !...

(La partie recommence.)

Roi de trèfle.

GÉRARD.

Huit de carreau.

LE DIABLE.

N.uf de trèfle.

GÉRARD.

Huit de cœur.

LE DIABLE.

Valet de carreau.

GÉRARD.

Valet de cœur.

CANARI, *qui vient de paraître sous le costume de valet de cœur.*

Valet de cœur ! présent !

LE DIABLE ET GÉRARD.

Canari !

CANARI.

Je n'avais plus de culotte... l'Amour m'a donné ce costume.

LE DIABLE.

Bataille !

CHOEUR.

Bataille ! *bis.*
A force égale, etc.

CANARI.

Allons, reprenez l'espérance,
Car l'Amour vient changer la chance.
Il envoie un bon serviteur
Sous les traits du valet de cœur,
Pour vous porter bonheur.

LE DIABLE.

Gérard, je suis beau joueur... la bataille est engagée !... il ne te reste plus que six cartes... eh bien ! que le jeu soit nul jusqu'à présent... Six contre six... fais ces dernières levées et tu auras gagné.

GÉRARD.

Soit... six contre six !

LE DIABLE, *à lui-même.*

Ah ! l'Amour est de la partie... enfin !... je veux observer tous ses mouvements. Prends ma place, Belphégor, et vous, mes dignes enfants, mêlez-vous une dernière fois. *(Il disparait.)*

(Belphégor prend la place du diable pour jouer contre Gérard.)

Reprise du chœur chanté par les douze Cartes qui restent.

Mêlons-nous. *bis.*
Pour en venir, etc.

BELPHÉGOR.

Plus vite encore, morbleu !
Pour embrouiller le jeu.

CANARI.

De l'enfer le métier
Est de tout embrouiller.

REPRISE DU CHOEUR.

Mêlons, etc.

(Pendant la mêlée les personnages de la pièce se substituent à quelques-unes des cartes.)

BELPHÉGOR, *appelant la première carte qu'il vient de retourner.*

Dix de pique.

GÉRARD.

Dix de carreau.

TOUS ENSEMBLE.

Bataille !

BELPHÉGOR.

Valet de pique.

GÉRARD.

Valet de trèfle.

TOUS.

Bataille.

BELPHÉGOR.

As de trèfle. *(Blandine paraît en as de trèfle.)*

BLANDINE.

Me voilà.

GÉRARD.

As de pique. *(Flammèche paraît en as de pique.)*

FLAMÈCHE.

Présent.

BLANDINE, *lui donnant un soufflet.*

Bataille.

FLAMÈCHE.

Ah ! sacrebleu !

GÉRARD, *nommant la nouvelle carte qui vient de se retourner.*

Dame de carreau.

GUILLERETTE.

Dame de carreau ! me voici.

CANARI.

Guillerette !

BELPHÉGOR, *appelant à son tour.*

Dame de trèfle.

DRAGONNE, *en dame de trèfle.*

Dame de trèfle ! me voilà.

TOUS ENSEMBLE.

Bataille !

CANARI, *chantant le milieu de l'air de Bertha.*

Eh quoi ! je vois en tête à tête
Ma Dragonne et ma Guillerette ;
C'est pour moi, mortel trop heureux,
C'est pour moi que toutes les deux
Vont s'arracher les yeux.

CHOEUR.

Bataille, etc.

BELPHÉGOR.

Dame de pique.

MÉLUSINE, *en dame de pique, serrant la main de Diavoline.*

Je suis à toi, Belphégor.

GÉRARD.

Ah ! c'est elle ! elle qui m'est apparue tour à tour sous les traits de la princesse de Lorraine, d'Armide, de la Fortune... La fortune, comment lutter contre elle, mon Dieu !

CANARI.

Courage, mon maître, aux derniers les bons...

GÉRARD.

Eh bien ! (*Il fait retourner l'avant-dernière carte et la nomme.*)

BERTHA, *en dame de cœur.*

A toi, à toi, mon cher Gérard.

GÉRARD.

Bertha !

CRI GÉNÉRAL.

Bataille ! toujours bataille !

DELPHÉGOR.

A moi, ma dernière carte. (*La carte se retourne. C'est le diable qui paraît en roi de pique.*) Le roi de pique.

TOUS LES DÉMONS.

Le diable ! c'est le diable ! il gagnera... il gagnera.

CANARI.

Il ne gagnera pas.

GÉRARD.

Une seule... une seule carte pour m'arracher à lui... Ah ! je n'ose pas la retourner, non je n'ose pas...

BERTHA.

Je l'oserai, moi, et j'ai bonne espérance. (*Elle fait un signe. la dernière carte de Gérard se retourne.*)

TOUT LE MONDE.

L'as de cœur.

BERTHA.

L'Amour.

L'AMOUR.

Air de *Julie.*

Oui, l'Amour, ton gardien fidèle,
De la Folie a réparé les torts,
Et de la Fortune cruelle
Sans peine il trompe les efforts.
Déesse aveugle, en vain elle travaille
A te dompter, t'asservir à sa loi.
Un autre aveugle a combattu en toi,
L'Amour a gagné la bataille.

CANARI.

Victoire à Gérard.

TOUS.

Victoire.

LE DIABLE.

Un instant... l'Amour a triché... l'Amour a manqué à sa promesse ; l'Amour en se mêlant de la partie vient de me livrer Gérard pour vingt-quatre heures.

TOUS.

Vingt-quatre heures.

L'AMOUR.

Il est vrai... venez, Bertha ; Gérard est son esclave, et je ne puis rien pour le défendre en ce moment. (*A Gérard.*) J'ai manqué à ma promesse pour te sauver d'un plus grand péril.

LE DIABLE, *à l'Amour.*

Adieu, chère amie... tu peux emmener avec toi la reine de cœur... moi, je garde son amant... En danse, mes enfants, en danse ! Le diable a joué à qui perd gagne !

(*Bertha et Guillerette s'en vont avec l'Amour. — Gérard est emmené par les démons. — Ballet des cartes.*)

La toile tombe sur le Ballet.

ACTE V.

Une vallée aride et sauvage entourée de rochers immenses et très-noirs, et d'un aspect horrible, décor d'un plan.

SCÈNE I.

MÉLUSINE, DRAGONNE, ET DIABLESSES DÉMONS.

Au lever du rideau ils semblent guetter l'arrivée de quelqu'un et chantent à mi-voix le chœur suivant.

CHOEUR.

Air de la *Fiancée.*

Garde à vous !... c'est ici,
Conduits par notre maître,
Que bientôt vont paraître
Gérard et Canari.
C'est ici,
C'est ici,
C'est ici.
Et pour qu'au noir domaine
Tous deux on les entraîne,
En ces lieux veillons tous,
Garde à nous !
Garde à nous !
Oui, tous deux au noir domaine,
Sans pitié qu'on les entraîne ;
C'est un bonheur pour nous,
Garde à nous !

(*A la fin du chœur le diable entre en scène.*)

SCÈNE II.

LES MÊMES, LE DIABLE.

LE DIABLE.

Eh bien ! que faites-vous là ? à quoi pensez-vous?

MÉLUSINE.

Ce que nous faisons? nous attendons tes ordres, maître.

DRAGONNE.

A quoi nous pensons? à empêcher que les protégés de l'Amour ne nous échappent encore une fois.

LE DIABLE.

Bon ! j'en fais mon affaire... fiez-vous à moi.

MÉLUSINE.

Fiez-vous à moi !... j'en fais mon affaire !... Tu nous as dit cela plus d'une fois et cependant, depuis notre entrée en campagne tu ne vas pas vite.

LE DIABLE.

Parce que je suis mal servi.

MÉLUSINE.

Mal servi par toi-même.

LE DIABLE.

Par vous, mesdames.

TOUTES LES DIABLESSES.

Par nous, ah ! par exemple.

LE DIABLE.

Silence !... je suis le maître, et je ne souffre pas qu'on manque à la discipline ; oui, vous me servez mal ; vous ne savez plus séduire ; une fillette de quinze ans vous en remontrerait. Qu'est-ce que c'est que cet horrible paysage où vous êtes postés, pour m'attendre ?

MÉLUSINE.

Tu le sais bien c'est le *Val maudit.*

DRAGONNE.

La route de l'enfer.

MÉLUSINE.

Ne nous as-tu pas promis d'y amener Gérard et son écuyer ?

LE DIABLE.

Sans doute ; puisqu'ils m'appartiennent pendant vingt-quatre heures, il est tout naturel de leur offrir chez moi l'hospitalité.

DRAGONNE.

Et de les y retenir le plus longtemps possible.

MÉLUSINE.

De les y retenir pendant l'éternité.

LE DIABLE.

Eh bien ?

TOUTES.

Eh bien !

LE DIABLE.

Il faudrait d'abord leur dorer les portes de la prison où je veux les jeter pour toujours, et voilà la route affreuse, inabordable par laquelle vous prétendez les faire passer ! vous êtes au service de l'enfer depuis des siècles, oui mesdames, depuis des siècles, et vous lui faites un péristyle aussi noir que celui-là... c'est absurde !... Ils reculeront d'horreur en arrivant ici et ce qui nous reste de la journée ne suffira peut-être pas pour les forcer à nous suivre.

MÉLUSINE.

Cependant, nous n'y pouvons rien !

DRAGONNE.

L'enfer est l'enfer.

MÉLUSINE.

Comme le ciel est...

LE DIABLE.

Silence je vous ai dit que j'en faisais mon affaire, et je le prouve. (*Il étend son sceptre le décor change.*)

Boudoir très-élégant.

LE DIABLE.

Air d'ARTUS : *Danse d'Amour et de Folie.*

Séjour brillant, voilà, mesdames,
Voilà ce qui les retiendra.
Pour séduire et garder les âmes,
Mon enfer à moi, le voilà :
Peines éternelles,
Et toujours nouvelles,
Cachez bien aux cœurs
Toutes vos terreurs.
A la sombre rive
Pour que l'homme arrive,
Et galment la suive,
Couvrons-la de fleurs. } *bis.*

CHŒUR.

Séjour brillant, voilà, mesdames, etc.

DRAGONNE.

Le diable est bon homme ;
Maître, à toi la pomme ;
Nous t'obéirons
Et nous recevrons
Tes ordres sévères,
Tes arrêts austères,
En choquant nos verres
Au bruit des chansons.

REPRISE DU CHŒUR.

Séjour brillant, voilà, mesdames, etc.

MÉLUSINE.

Maintenant, dis-nous tes projets.

DRAGONNE.

Explique-nous en quoi nous pouvons les servir.

LE DIABLE.

En rien. Vous n'avez qu'à ne plus vous en mêler du tout.

LES DÉMONS FEMMES, *avec dépit.*

Ah !...

LE DIABLE.

Vous voyez très-bien que, jusqu'à présent, Gérard a été plus fort que tous nos sortiléges ; il t'a dédaignée, ma pauvre Mélusine... Pourquoi ? parce qu'il aime.

MÉLUSINE.

C'est vrai... J'ai le dépit de n'avoir pu lutter contre une simple mortelle.

LE DIABLE.

Je te le disais bien : son amour fait sa force... Eh bien ! il fera aussi sa faiblesse ; c'est par cet amour même que je veux l'attaquer... Ce n'est plus toi, c'est Bertha qui va devenir mon auxiliaire.

TOUTES.

Bertha...

MÉLUSINE.

Elle, si vertueuse si, pure !

LE DIABLE.

Raison de plus ; elle n'en sera que plus dangereuse et plus irrésistible pour lui... Enfin, c'est l'un par l'autre que je prétends les perdre.

TOUTES.

L'un par l'autre.

MÉLUSINE.

Ah ! je te comprends... je vais prendre ses traits, à elle, pour me faire aimer de Gérard.

LE DIABLE.

Plaît-il ?...

MÉLUSINE.

Le veux-tu ? je te le demande, moi ; il me convient, ce Gérard. Après tout, je crois même... oui, je suis sûre que je commence à l'aimer, et, pour réussir enfin dans mon entreprise pour l'emmener avec moi et le garder dans ton empire, j'accepte tous les moyens... Voyons, maître, je suis prête, donne-moi tous les traits, la modeste parure, et l'air angélique de ma rivale ; j'aurai du plaisir à me servir de ses propres attraits pour lui enlever celui qu'elle aime.

LE DIABLE.

Tu es folle ; il te reconnaîtrait et te devinerait encore. Tu ne saurais bien jouer ni la vertu ni le véritable amour, et sur la tête de l'ange, il verrait encore percer le bout de la corne du démon, et...

DRAGONNE.

Et le diable sent toujours le roussi.

LE DIABLE.

C'est cela. (*Rire général.*)

VOIX TERRIBLE, *à la coulisse.*

Satan ! Satan !

LE DIABLE.

Hein ! qu'est-ce que c'est ?

DRAGONNE.

On t'appelle, maître.

LA VOIX.

Répondrez-vous, monsieur satan ?

LE DIABLE.

C'est la voix de ma femme.

PROSERPINE, *dans la coulisse.*

Quel bruit, quel tapage faites-vous donc ? et pourquoi, depuis votre retour, ne m'avoir pas rendu vos hommages ?

LE DIABLE.

Me voilà ! je suis à toi, ma chérie.

PROSERPINE.

Je vous attends.

LE DIABLE, *à part.*

Attends-moi, je ne suis pas pressé.

DRAGONNE.

Diable ! madame Proserpine n'est pas de bonne humeur ce matin !

LE DIABLE.

(*A dater de ce moment, la scène est dite à voix basse.*)

Elle est comme toujours, qu'elle ne sache rien de nos petits projets, elle, si vertueuse ; méchante, mais vertueuse !

DRAGONNE.

Il n'y a qu'elle ici, mais !...

LE DIABLE.

Elle gâterait tout et empêcherait nos amoureux de se réunir.

DRAGONNE ET MÉLUSINE.

Comment ?

LE DIABLE.

Sans doute, Bertha désolée d'avoir vu son amant tomber en mon pouvoir pour un jour, est partie en pélérinage avec sa suivante, et je suis parvenu à les séparer l'une de l'autre, en présentant à leurs yeux des images fantastiques ; pour Bertha, c'est l'ombre de Gérard qui marche sans cesse devant elle et l'entraîne ; pour Guillerette, c'est...

DRAGONNE.

L'ombre de Canari.

LE DIABLE.

Non pas ! elle ne l'aime pas assez pour se laisser entraîner par lui ; c'est Alain, le petit page...

DRAGONNE.

Belphégor ?

LE DIABLE.

Attention... on vient... retirons-nous.

MÉLUSINE.

Est-ce déjà lui.

LE DIABLE.

Gérard... non... c'est Canari... et je vois venir Guillerette... les autres ne tarderont pas à les suivre... laissons les faire.

CHŒUR.

Air de DOCHE père. (Vaudeville du *Comte Ory.*)

Décampons
Et perdons
L'espoir de les battre
Mais ils doivent dans leur cœur
Retrouver le tentateur.
Oui, partons,
A quoi bon combattre ?
Ils vont se perdre en ce jour
Par un seul baiser d'amour.

(*Ils disparaissent.*)

SCÈNE III.

GUILLERETTE *seule, enveloppée dans une robe de pèlerine, elle entre en appelant.*

Alain... où est-il donc, voilà deux heures qu'il marche devant moi, qu'il me fait signe de le suivre, et que tout naturellement je le suis à distance, comme il convient à une fille modeste et sage, uniquement pour savoir où il veut me mener... et quand il m'a conduite ici dans ce séjour enchanteur... quoiqu'il y fasse un peu chaud. (*Elle jette son manteau et sa cape de pèlerine et paraît en costume coquet, autre que celui des premiers actes; le manteau disparaît.*) Je le cherche, je le demande je l'appelle, plus d'Alain... ah! si fait, je parlais trop tôt il revient... ne faisons pas semblant de le voir... et jouons la surprise, la colère quand il va s'approcher de moi... ça fait très-bien.

SCÈNE IV.

GUILLERETTE, CANARI, *habillé comme l'était Belphégor en petit page.*

CANARI, *à lui-même, en entrant.*

Ma foi, vive le Diable! c'est un bon garçon! ... je suis son prisonnier, et au lieu de m'envoyer rôtir dans sa cuisine il me laisse courir par monts et par vaux et il m'habille à ses frais encore... Plus que cela de tenue! Mais il veut donc que je révolutionne le monde des femmes. (*En disant ces mots, il a fait quelques pas pour se donner de la grâce. Guillerette dépitée de voir qu'il ne s'approche pas d'elle, en fait quelque-uns aussi en baissant les yeux, ils se heurtent ensemble.*) Ah! ç'en est une. (*Guillerette pousse un cri de frayeur et se retourne vivement comme pour éviter ses regards. — Canari reprend.*) Et une gentille encore si j'en juge...

GUILLERETTE, *regardant du coin de l'œil.*

C'est drôle, Alain me paraît bien engraissé.

CANARI.

Canari, mon bon ami, fais valoir tes avantages, je ne suis pas fâché de lui faire voir ma taille.

GUILLERETTE.

Après tout... un peu d'embonpoint ne gâte rien...

CANARI.

Elle doit me trouver bien bâti... laissons-là venir.

GUILLERETTE.

Il ne dit rien, avançons... Alain?

CANARI.

Elle m'appelle Alain. Tant pis! j'y vais. (*Ils se retournent brusquement tous deux en même temps et se saisissent par le bras.*)

CANARI.

Guillerette.

GUILLERETTE.

Canari.

CANARI.

Scélérate!

GUILLERETTE.

Monstre!

CANARI.

J'en ai appris de belles.

GUILLERETTE.

J'en sais long sur ton compte; l'Amour m'a tout dit.

CANARI.

Alain.

GUILLERETTE.

Dragonne.

CANARI.

Elle m'accuse.

GUILLERETTE.

Il ose me soupçonner.

CANARI.

Te soupçonner!... quand j'ai vu, de mes yeux vu, au château de Falkenstein, grâce à l'anneau de Salomon...

GUILLERETTE.

Imbécile qui croit ce qu'il voit. Ah! que je suis malheureuse!

CANARI.

Elle pleure!

GUILLERETTE, *passant peu à peu des larmes à la colère.*

Et tu n'es pas encore à mes genoux pour me demander pardon.

CANARI.

Pardon de quoi...

GUILLERETTE.

De tout ce que tu as fait.

CANARI.

De tout ce que je n'ai pas fait plutôt.

GUILLERETTE.

A genoux!

CANARI.

Mais, madame.

GUILLERETTE.

A genoux.

CANARI.

Cependant, Guillerette.

GUILLERETTE.

A genoux!

CANARI.

M'y voilà.

GUILLERETTE.

Tu ne recommenceras plus!

CANARI.

Je l'espère bien.

GUILLERETTE.

Et nous ne parlerons jamais du passé

CANARI.

C'est-à-dire...

GUILLERETTE.

Et tu seras fidèle...

CANARI.

Comme un caniche. Et toi?...

GUILLERETTE.

Moi je serai toujours la même.

CANARI.

Hein! toujours la même...

GUILLERETTE.

Enfin, j'ai retrouvé mon Canari!

CANARI.

Ma Guillerette m'est rendu!

Air du deuxième acte.

Zonzon, ma chère femme,
Zonzon, tu vois ma flamme,
Pour l'apaiser,
Donne un baiser,
Un p'tit baiser.

GUILLERETTE.

Un p'tit baiser.

CANARI.

Bien tendre.

GUILLERETTE.

Pour qu'il tienne à le prendre,
Je le refuserai,
Ou du moins j'essaierai.

CANARI, *se rapprochant.*

Zon, zon,

GUILLERETTE, *coquettement, évitant de se laisser embrasser.*

Zon, zon.

(*Ils se rapprochent davantage. Guillerette lui retient les deux mains et danse avec lui un pas analogue à celui qu'il a dansé au deuxième acte avec Dragonne.*)

ENSEMBLE.

REPRISE DU CHŒUR.

CANARI.

Zonzon, ma chère femme,
Zon, zon, tu vois ma flamme,
Pour l'apaiser,
Donne un baiser,
Un p'tit baiser.

GUILLERETTE.

Zonzon, j' veux êt' sa femme,
Pour apaiser sa flamme,
Ce p'tit baiser,
Ce doux baiser,
J' veux le r'fuser.

(*Ils disparaissent en dansant.*)

SCÈNE V.

BELPHÉGOR, GÉRARD, puis BERTHA.

Bertha est comme l'était Guillerette entièrement couverte d'un manteau et d'une cape de pèlerine qui empêche Gérard de la reconnaître.)

BELPHÉGOR.

Venez, venez, messire; le maître l'ordonne. Vous êtes libre, et cette demeure est la vôtre.

GÉRARD.

Libre! et je n'ai pas été maître de prendre la route que je voulais suivre... Libre! et cette demeure est la mienne... cette demeure qui m'est choisie par Satan... quelle est-elle donc?... Et par là?... (*Il indique le côté d'où vient Bertha.*) Cette femme qui s'avance!... Ah! je devine... toujours! toujours la même.

BERTHA, *entrant.*

C'est lui! c'est Gérard!

GÉRARD.

C'est elle, c'est la fille de l'enfer qui a juré ma perte.

BERTHA.

Le voilà! je l'ai revu, et cependant ce pouvoir invincible qui m'attirait vers lui, a jeté un tel effroi dans mon âme que je n'ose ni le regarder ni lui adresser la parole... Ah! il vient à moi!

GÉRARD.

Ne vous donnez pas tant de peine, madame, pour me dérober vos traits, je sais qui vous êtes. Vous êtes celle que je vois sans cesse partout, celle qui m'a offert tour à tour une couronne, tous les trésors de l'univers et l'immortalité.

BERTHA, *tristement.*

Ce n'est pas moi.

GÉRARD.

Et vainement l'altière princesse, l'enchanteresse toute puissante vient à moi aujourd'hui sous l'humble manteau de la pèlerine. Je vous reconnais bien, et vos trésors, vos dignités, votre amour, je les refuse.

BERTHA, *avec joie.*

Il les refuse.

GÉRARD.

Air :

Des noirs esprits, vous disposez, madame,
A votre gré vous dirigez leurs coups;
Vous pouvez tout, hors enchaîner une âme,
Qui ne doit pas... ne veut pas être à vous
Seule Bertha, que j'aime avec délire,
A, sur ce cœur, un pouvoir éternel:
C'est de l'enfer que vous vient votre empire,
Le sien, madame, elle le tient du ciel;
C'est de l'enfer que vous vient votre empire,
Elle est plus forte, elle a l'appui du ciel.

BERTHA.

Ainsi, cette Bertha...

GÉRARD.

Une pauvre jeune fille dont la destinée est inséparable de la mienne, et que je n'abandonnerai jamais.

BERTHA.

Jamais!

GÉRARD.

Mon Dieu! madame, je suis désolé de vous offenser, mais...

BERTHA, *se découvrant.*

Mon Gérard! non, tu ne m'offenses pas... au contraire...

GÉRARD.

Ah! c'est un songe!... Voilà ses traits, sa grâce, son doux sourire!

BERTHA.

Gérard!

GÉRARD.

Et sa voix!... Bertha! ma chère Bertha!

BERTHA.

Mon ami!

GÉRARD.

Mais non, c'est impossible! elle ne serait pas dans cet infernal séjour. Non, c'est encore une ruse, un sortilége; ce n'est pas elle! c'est vous, madame qui avez pris ses traits pour me séduire.

BERTHA, *qui s'est rapprochée peu à peu.*

Gérard! Gérard! écoutez-moi... Ne fuyez pas mes regards, ne repoussez pas cette main qui s'approche en tremblant de la vôtre; non, je ne suis pas cette odieuse femme qui a fait vœu de vous perdre; non, je suis Bertha! votre Bertha bien-aimée... celle à qui vous disiez au jour du départ: Je donnerais ma vie pour une de vos douces paroles, mon âme pour un de vos souvenirs, ma part de paradis pour un de vos baisers.

GÉRARD.

Ah! je blasphémais alors. Le ciel veut-il m'en punir aujourd'hui en me persuadant que vous êtes, que tu es bien réellement celle que j'aime.

BERTHA.

Oui, c'est moi! (*Elle s'est encore approchée de lui; Gérard la regarde avec ivresse. En ce moment, le manteau et la cape disparaissent. Bertha se trouve dans les bras du jeune homme en robe de gaze d'argent très-jolie et très-élégante; elle recule avec effroi.*) Ah! mon Dieu! mon Dieu! quel prestige! j'ai peur!

Air :

BERTHA.

Où suis-je donc?

GÉRARD.

Chez les démons tes frères.

BERTHA.

Chez les démons, ah! Gérard, sauve-moi,
Comme les tiens ils sont mes adversaires,
Pitié! pitié! mon seul appui, c'est toi!

GÉRARD.

A mes genoux, et cependant j'hésite,
L'enfer est là, mon séjour éternel!
L'enfer est là, mon séjour éternel!
Mais si tu veux, mon Dieu, que je l'évite,
Défends-lui donc de ressembler au ciel!
Tu ne veux pas, mon Dieu, que je l'évite.
C'est ma Bertha, c'est un ange du ciel!

(*Il la relève et la reçoit dans ses bras avec transport. Pendant qu'ils se tiennent embrassés le décor change.*)

SCÈNE V.

LES MÊMES, LE DIABLE, MÉLUSINE, DRAGONNE, GORGONE, TOUS LES DÉMONS ET TOUTES LES DIABLESSES, GUILLERETTE ET BELPHÉGOR.

CHOEUR GÉNÉRAL.

Air du *Mystère*. (ARTUS).

Pour nous quelle ivresse,
Malgré leur sagesse,
A nous, les voilà.
Ah! ah! ah! ah! ah! ah!
C'est leur Dieu suprême;
C'est l'Amour lui-même
Qui nous les livra.
Ah! ah! ah! ah! ah! ah!

GÉRARD.

Perdus, perdus tous les deux!

MÉLUSINE.

Tous les deux, et sans retour.

LE DIABLE.

Vous êtes chez moi, vous n'en sortirez plus.

LA VOIX DE GUILLERETTE, *au dehors.*

Laissez-moi, laissez-moi! voulez-vous bien finir!

DRAGONNE.

Ah! c'est Guillerette, ma rivale à moi. (*Allant à Guillerette qui entre.*) Toi aussi, te voilà en enfer pour ne plus en sortir, Canari vient de t'embrasser n'est-ce pas?

GUILLERETTE.

Du tout! ce n'est pas lui.

DRAGONNE.

Comment?

GUILLERETTE.

C'est ce maudit page Alain!

BELPHÉGOR, *la saluant.*

Belphégor, pour vous servir.

GUILLERETTE.

Un démon! j'ai été embrassée par un démon.

DRAGONNE.

Mais, lui, lui, Canari, qu'est-il devenu?

SCÈNE VII.

LES PRÉCÉDENTS, CANARI.

CANARI *en dehors.*

Horreur!... je suis brûlé!...

DRAGONNE.

Ah! c'est lui!... le voilà!

CANARI, *entrant.*

Je suis perdu, je suis damné, grillé à petit feu!

LE DIABLE.

Qu'as-tu donc, imbécile?

CANARI.

Ce que j'ai!... Je poursuivais Guillerette; ce damné page ou plutôt cet enragé diablotin l'a arrachée de mes bras, et ce n'est pas elle que j'ai embrassée et qui m'a rendu mon baiser... Oh! saprelotte! quel baiser! (*Il met la main sur sa joue, et soufle ensuite sur ses doigts.*)

LE DIABLE.

Un baiser! de qui donc l'as-tu reçu?... de Dragonne?

DRAGONNE.

Je m'en défends, j'étais ici.

LE DIABLE.

Enfin, de qui donc?

TOUS.

Oui, de qui donc?

CANARI.

Eh bien! c'était... Vous allez le savoir... J'ai...

SCÈNE VIII.

LES MÊMES, L'AMOUR.

L'AMOUR, *paraissant tout-à-coup et lui arrêtant le bras.*

Un instant! je t'ordonne d'être discret!

CANARI.

Je ne soufle plus mot!

TOUS.

L'Amour!

LE DIABLE.

En enfer.

L'AMOUR.

J'ai contribué jadis à y faire venir tant de monde que je n'ai pas eu de peine à en retrouver la route.

LE DIABLE.

Et tu te décides à y rentrer.

L'AMOUR.

Pour en faire sortir ceux que j'aime.

LE DIABLE.

Toi!

L'AMOUR.

Moi!

LE DIABLE.

Tu es fou!

L'AMOUR.

Revenons à la bonne fortune de Canari.

CANARI.

A ma mauvaise bonne fortune!

LE DIABLE.

Tout à l'heure, tu lui ordonnais d'être discret.

L'AMOUR.

Avec tous, hors une seule personne.

LE DIABLE.

Et cette personne, c'est...

L'AMOUR.

Toi!

LE DIABLE.

Moi!

L'AMOUR.

Le maître, c'est tout simple! A tout seigneur... Voyons, parle, Canari, mais tout bas et à lui seul. Vous autres...

LE DIABLE.

Je vous conterai ça. (*Tous les démons sortent.*)

SCÈNE IX.

LE DIABLE, L'AMOUR, GÉRARD, BERTHA, CANARI, GUILLERETTE.

LE DIABLE.

Eh bien?

CANARI.

Eh bien je ne sais qu'une chose, c'est qu'elle a la beauté du diable, une beauté qui n'en est pas une, et que je la reconnaîtrais entre mille... ah! et puis je me suis emparé d'un bijou qu'elle avait au bras.

LE DIABLE.

Au bras... voyons.

CANARI.

Le voilà. (*Il tire de sa poche, le bijou qui sort de sa main et devient un serpent.*) Ah! c'est un serpent!

LE DIABLE.

Ce serpent, c'est le bracelet de ma femme.

CANARI.

J'ai embrassé madame Pros...

LE DIABLE.

Tais-toi! tais-toi!

L'AMOUR.

Il se taira si tu leur rends la liberté.

LE DIABLE.

Jamais!

L'AMOUR.

Alors qu'il parle!... va, mon garçon, appelle tout le monde.

CANARI.

Démons! diablesses! celle que j'ai embrassé, c'est madame Proser...

LE DIABLE.

Eh! tais-toi donc, malheureux... il ne leur manque plus que de savoir ça pour oublier la discipline.

L'AMOUR.

Alors...

LE DIABLE.

Après...

L'AMOUR.

C'est à prendre ou à laisser, l'enfer saura tout, ou ils partiront.

LE DIABLE.

Eh bien...

TOUS.

Eh bien...

LE DIABLE.

Eh bien... je suis... je suis vaincu.

CANARI.

J'en ai peur!

LE DIABLE.

Misérable... au moins tu ne te vanteras jamais...

CANARI.

Il n'y a pas de quoi se vanter.

GUILLERETTE.

Tu es assez puni, je te pardonne.

LE DIABLE.

Air :

A fuir bien vite
Je vous invite,
Oui, partez tous, hélas! il le faut bien;
Mais du mystère,
Sachez vous taire,
De mes malheurs que l'on n'apprenne rien.
On me respecte encor au sombre empire,
Et de ma femme on vante la vertu.
Mais à mon nez l'enfer mourrait de dire
S'il apprenait que le diable est...

CANARI.

Battu.

LE DIABLE.

A fuir bien vite,
Je vous invite.

TOUS LES AUTRES.

A fuir bien vite,
Il nous invite.
De nous sauver l'amour trouve un moyen.
Oui, du mystère,
Je sais me taire,
De tout ceci l'enfer ne saura rien.

(*Il sont en marche pour sortir. — On entend au dehors une voix de femme.*)

Eh bien! monsieur Satan, que faites-vous donc?

LE DIABLE.

Oh! c'est la voix de Proserpine, la scélérate!

CANARI.

J'ai le frisson.

LA VOIX.

Est-ce qu'il n'est pas temps de réintégrer le domicile conjugal? Viendrez-vous quand je vous appelle?

LE DIABLE.

Me voilà, ma chérie, me voilà! (*Le diable frappe du pied et fait sortir un énorme bâton.*) Je vais lui souhaiter le bonsoir.

CANARI.

Il va se passer de drôles de choses dans leur ménage.

L'AMOUR.

Le diable va retrouver sa femme, l'espèce humaine est vengée.

LE DIABLE.

A fuir bien vite,
Je vous invite, etc.

LES AUTRES.

A fuir bien vite, etc.

(*Il sort par le deuxième plan à droite. — L'Amour et les autres sortent par le premier plan à gauche.*)

DERNIER TABLEAU.

LE CIEL.

(*L'Amour entouré de nymphes et d'amours, domine la scene, Gérard, Bertha, Canari et Guillerette sont sur le devant.*)

L'AMOUR.

Gérard, Bertha, vous vous êtes aimés, vous êtes restés fidèles malgré le temps et les épreuves, soyez récompensés par le bonheur et par la jeunesse éternelle!

CHOEUR GÉNÉRAL.

Final du *Barbier de Séville.*

Gérard, amant fidèle,
Sois heureux pour toujours;
A lui, le ciel t'appelle
Par la voix des amours.

Le rideau baisse.

FIN.